中华先锋人物
故事汇

梅兰芳

京剧大师

MEI LANFANG
JINGJU DASHI

陈 曦 著

党建读物出版社　　

图书在版编目（CIP）数据

梅兰芳：京剧大师/陈曦著. —南宁：接力出版社；北京：党建读物出版社，2022.12

（中华人物故事汇. 中华先锋人物故事汇）

ISBN 978-7-5448-7974-3

Ⅰ.①梅… Ⅱ.①陈… Ⅲ.①传记小说－中国－当代 Ⅳ.①I247.5

中国版本图书馆CIP数据核字(2022)第211825号

梅兰芳——京剧大师

陈 曦 著

责任编辑：	李雅宁 李文雅
文字编辑：	王 燕
责任校对：	刘会乔 李姝依
装帧设计：	严 冬　美术编辑：高春雷
出版发行：	党建读物出版社　接力出版社
地　　址：	北京市西城区西长安街80号东楼（邮编：100815）
	广西南宁市园湖南路9号（邮编：530022）
网　　址：	http://www.djcb71.com　http://www.jielibj.com
电　　话：	010-65547970/7621
经　　销：	新华书店
印　　刷：	北京科信印刷有限公司

2022年12月第1版　2022年12月第1次印刷
787毫米×1092毫米　32开本　4.5印张　70千字
印数：00 001—15 000册　定价：25.00元

本社版图书如有印装错误，我社负责调换（电话：010-65547970/7621）

目 录

写给小读者的话 · · · · · · · · · · · · · · 1

怎么又来了 · · · · · · · · · · · · · · · · · 1

祖师爷没赏你这口饭 · · · · · · · · · · 9

什么叫世家？这就叫世家 · · · · · · 15

"炼丹炉"里，火眼金睛 · · · · · · · · 25

大师是怎样炼成的 · · · · · · · · · · · 33

唱大轴，火遍上海滩 · · · · · · · · · · 41

永远和自己"唱对台" · · · · · · · · · 49

两个真头牌 · · · · · · · · · · · · · · · · · 57

好一个西施，好一个洛神······65

四大名旦······71

"震了"······77

梅博士······85

九一八，九一八！······89

"斗恶魔，火烧胸膛"······93

有声电影《虹霓关》······99

留胡子的名旦······105

黎明下的《刺虎》······111

我要留下······117

"你的名气比我大"······123

"穆桂英为保国再度出征"······129

写给小读者的话

京剧是我们的国粹,也是中国和世界非物质文化遗产。生旦净丑,唱念做打,魅力无穷。梅兰芳,便是京剧史上最为耀眼的明星之一。他是"伶界大王",菊坛领袖,更是一位爱国艺术家。

梅兰芳出生于梨园世家,他的祖父是京剧艺术的奠基人之一梅巧玲。梅兰芳在五十余年的艺术生涯中,极大地发展了旦角艺术,为京剧的发展做出了极大的贡献。

梅兰芳是"四大名旦"之一,梅派艺术的创始人,同时还是中国京剧院和中国戏曲研究院的首任院长。

作为我们这本书的主角,梅兰芳不仅以艺术成就名垂后世，更以宝贵的人格为世人所称道。抗日战争期间，他蓄须明志，决不为日本侵略者演戏；解放战争期间，他热情地为人民解放军将士们唱义务戏；抗美援朝战争期间，他亲赴朝鲜战场，在连天炮火声中，慰问志愿军战士。

亲爱的小读者，你将在"说书人"的妙语连珠中，亲身感受梅兰芳充满传奇色彩的一生，他的艺术与人格一定会深深震撼你、打动你。

醒木一响，咱们且说第一章……

怎么又来了

各位听客,甭管是包厢的、散座儿的,当官儿的、卖货的,您且坐定喽,咱们这儿给您问安了。醒木一响,咱们开讲。

这话一说,可就是一百二十多年前了。那会儿的中国,真是不堪回首。一九〇一年,清政府被迫与洋人签订了丧权辱国的《辛丑条约》,这让咱们中国彻底地陷入了半殖民地半封建社会的深渊。这是民族的屈辱,老百姓的灾难。

再往前倒一年,那就是一九〇〇年。这一年,那真叫是"民不聊生烽烟起,人人躲避外国兵"。北京城的老百姓,更是受够了八国联军的苦,这些可恨的侵略者炮轰城墙,入城烧杀抢掠,滚滚浓烟久久盘旋于各个胡同的上空。

百顺胡同口，少年小群子脚下，跟着风似的往家里跑，趁着大人还没回来，他得赶紧溜回家。伯父千叮咛万嘱咐，这多事之秋，可千万别上外面野去。等到家里的女眷们都往脸上抹完了锅底灰，往厢房或是阁楼里分别藏好了，小群子还是偷偷溜了出去。

这也甭怪人家孩子，虚岁才刚七岁的小子，正是不听话的岁数。老话儿怎么说来着？叫"七岁八岁讨狗嫌"。饶是小群子再乖巧，岁数在那儿摆着呢，小伙伴隔墙一招呼，可不就溜出去了。

说是跑出去玩，又有什么可玩的？洋鬼子随时出没，除了外面讨生活的，家家都紧锁房门，摊上这么个腐朽的清政府，老百姓能怎么着呢？甭提多憋屈了。

小群子他们也不傻，跟黄花鱼似的，挑着人多的地方溜边儿走，四处踅摸踅摸，拿弹弓子打打鸟也就算是一项难得的娱乐了。偶尔路过摆摊卖吃食的，小群子也是暗暗地唾沫直咽。"这是杂拌儿糖，黄色的是橘子味，绿色的是苹果味，红色的是山楂味""这是鸡蛋糕，暄腾极了""盖着白棉布的柳条筐里装的准是麻酱烧饼，芝麻铺两面儿，热是香，凉是脆"……这些吃食，过去小群子也是变着样儿地吃，说实话真是没缺过嘴。可这光景，大伯父一个人赚点辛苦钱，一家人不挨饿就已经很不错了。

小群子不知道的是，他经常路过的大栅栏东口那个卖烤白薯的小推车旁，站着的不是旁人，正是满京城鼎鼎大名的名丑萧长华。诸位，您可知道这萧长华是谁？他可是中国历史上最有名的京剧科班"喜连成"（后来改名"富连成"）的总教习。新中国成立后，年逾古稀的萧长华担任过中国戏曲学校的校长。您说说，他这一辈子得教导过多少角儿啊！不过八国联军侵华这会儿，他虽说是名丑，但也没机会演戏了，只得推个小车卖烤白薯。

小群子不爱吃烤白薯，他看了看日头照在树上投下的影子，就知道不能再玩了，家里大人找不到他该着急了。等他火急火燎地跑回家里时，刚关上门要去把满头满脸的汗洗净，就听见咣咣的砸门声。他心想：谁这么没规矩，这么个敲法儿？

怎么又来了　　3

小群子气鼓鼓地把门闩下了，刚打开个缝儿，就看见一黑不溜秋的大个子洋兵站在门口。又是一"高粱面儿"！自打洋人进了北京城，这帮孩子先是害怕得正眼都不敢看他们，一听说洋兵来了就一溜烟儿躲起来。后来，竟然也渐渐习惯了，甚至胆儿大的男孩子还能和他们周旋几个回合，以给家里女眷们争取躲藏的时间，这也是乱世的孩子早当家。小群子他们几个发小儿，按照洋人们皮肤颜色的不同，分别给他们起了个笼统的代号，白的叫"白面馒头"，黄的是"棒子面儿发糕"，棕的是"枣糕"，黑的就是"高粱面儿"。

眼前这个"高粱面儿"，小群子真是太熟悉了。就是他，隔三岔五地来打劫。小群子咬着后槽牙堵着门，那洋人一见有人堵门就硬往里挤，小群子伸手推，大声嚷嚷着："你怎么又来了？你这都来第四回了！"那洋人一见这情景，一把就把小群子掼倒在地，嘴里叽里咕噜骂着小群子听不懂的话。

小群子眼见着洋人往正屋里走，那洋人背后背着鸟铳①呢。这会儿，小群子正有意无意地往厢房看去。没错，小群子刚才是在演一出戏，愤怒是真的，但作为一个小孩，敢和拿着枪的洋人叫板，他能不害怕嘛！小群子这一声高喊，实则是给躲在厢房的女眷们报信儿呢，让她们可千万藏好了，别出来。

花开两朵，各表一枝。小群子这边儿刚放下半颗悬着的心，正屋里大伯的房间已经被那洋鬼子翻箱倒柜一大通了。当那强盗心满意足地扛着大包小裹扬长而去，小群子噌地蹿到屋子里一看，心凉了半截。那些被大伯小心藏起来的各式钟表全被抢走了，躲过了前三回，终归是没能躲过这第四回。

要说小群子的大伯怎么有这么多钟表，倒不是因为他们家做钟表生意。大伯喜欢帮人修钟表，那些名贵的钟表都是别人家的。这下好了，还得赔给人家。小群子看着狼藉的屋子，眼圈微微红了，他恨得牙根儿痒痒，恨自己怎么就没长大，怎么就不能和那洋鬼子拼了！

---

① 鸟铳：又叫鸟嘴铳，是明清时期对火绳枪的称呼。

大伯回来之后自然是唏嘘感叹，东西被抢了倒是次要的，人得囫囵个儿保全了。最后大伯拍板，决定一家人搬去小群子外祖父家，那里院儿大物杂，照应的人也多。就这样，小群子被妈妈和姑母带着离开了这个有着无数回忆的百顺胡同。

　　书说到这儿，想必您也猜到了，这位与洋人大胆周旋的少年小群子，就是咱们这本书的主人公，群子是乳名，他姓梅，名澜，字畹华，后来学艺，有了一个声震全世界的艺名——梅兰芳。

祖师爷没赏你这口饭

醒木一响君安坐，书接上回有新章。

上回书说到，小群子一家因为八国联军的侵略，不得不搬离了百顺胡同，来到了外祖父家避难。这不是小群子第一次搬家了，在搬到百顺胡同前，他们一家住在正阳门外的李铁拐斜街，梅家老太爷梅巧玲把宅院立在了这梨园行的核心地带。

李铁拐斜街周围，有不下十家戏园子，有名有姓的角儿基本都住在这附近，方便赶场。梅巧玲梅先生自不必说了，他可是《同光十三绝》中的祖师级人物，当然也住在这里，宅子就叫"梅宅"。可惜的是，梅兰芳四岁时，父亲殁了，从此家道中落。

日子一天天如流水似的，再苦再难，人们总得过光景，这道理没人比靠手艺吃饭的穷苦人更明白了。所以，当小群子过完七岁生日之后，他就知道自己该"学玩意儿"了。

"王春娥坐草堂自思自叹，思想起我儿夫好——好——"小群子拧着眉头，偏又想不起来后面的词儿了。对面坐着给他说戏的朱小霞，就《三娘教子》这几句腔儿，眼看教了小群子俩时辰了，这都到了饭点儿了，可这孩子就是学不会，忘词儿，走板，嘴上磕绊，真是不开窍啊！

朱小霞再也坐不住了，起身掸了掸自己的藏蓝大褂，冲着这学生说了一句梨园行最狠的话："祖师爷没赏你这口饭。"当然了，后来的事儿大家都知道了。不过这会儿朱小霞并没有意识到，他正气哼哼地往外走，冲着已经迎出来的梅家大伯父一抱拳，跨门而出，只留下了一院子的尴尬和失落。小群子可是家里唯一的希望，而现在，这点亮光也被浇灭了。

大伯父进门来的时候，小群子还自顾自对着主位上那把已经空了的椅子。伯父的手轻轻抚摸了一下小群子的头顶，然后一声轻轻的叹息。没有人看见，两行热泪正决堤似的流了下来，湿了少年小群子的领口。

这也怪不得人家朱小霞看走了眼，那时候的梅兰芳，就像蚌壳里的珠子，被藏得太深了。甭说是记词儿和唱腔学得慢，就单说面相，少年时的梅兰芳，下垂的眼皮，微蹙的眉头，尤其是眼睛还有些近视，总是一副无神的样子。再配上那不苟言笑的表情，并不伶俐的口齿，怎么也看不出来，他后来能出落成迷倒万千戏迷的大青衣。

"祖师爷没赏你这口饭"，这句话确实太伤人了。尤其是对于一个家道中落的梨园世家子弟来说，启蒙老师"一句话儿错出唇"①所带来的打击是巨大的。小群子的爷爷是京剧泰斗梅巧玲，外祖父是清末"活武松"杨隆寿，父亲是京剧名旦梅竹芬，就连大伯父都是与谭鑫培珠联璧合，人称"胡琴梅"的京胡圣手。可这单传的一脉小群子，却一张嘴就被戴上了个"祖师爷不赏饭"的铁"盔

---

① "一句话儿错出唇"为京剧《玉堂春》中的唱词。

头"①，搁谁也得丧了气、灰了心。

可他毕竟是梅兰芳。不得不承认，很多骨子里带来的东西，关键时候是管大用的。被童年的苦磨得沉默寡言的孩子，内心却是倔强的。经了这么一回，小群子的心里更是燃起一团火，他偏得学出个样儿来！

全家人都没想到，从朱小霞走的那天起，小群子再也没有睡过一个懒觉。小伙伴们招呼，他也不去玩了，起五更睡半夜的就是一件事——苦练。

梨园行的孩子，苦啊。这不是咱们简单说说就能说尽的，那真是黄连投进了苦胎，莲心嵌入了牙根，咂摸着都是苦。

话说有这么一回，全家等小群子吃早饭，左等不来右等不来，大冬天的棒子面儿粥都成了坨儿，还不见人影。大伯父梅雨田终于坐不住了，披上棉大褂就往外去寻。胡同口，柳树林，所有小群子常练功的地方都不见人影。梅雨田是真慌了神，这孩子要是有个好歹，可怎么跟早故的弟弟交代啊？

---

① 盔头：戏曲里各类冠帽的统称。

梅雨田头上不由自主地冒起了热气，一把拽下瓜皮帽，也顾不上体面不体面了，撒丫子就跑，边跑边大声地呼喊。

一直寻到了后海，初露的晨光把冰面映成了橙黄色。一个小小的身影正一手叉腰，一手撑起云手在冰面上跑着圆场。朔风阵阵，什刹海边上枯萎的柳条沙沙作响。看到这一幕，梅雨田一下子就哭出了声。这个苦苦撑家的汉子，自从弟弟去世后，从没有落过一滴泪，这一天，他失声痛哭。他看到侄子的影子在冰面上斜斜长长，似乎又看到了父亲扮的萧太后，弟弟演的王宝钏。

摔摔打打，绊绊磕磕，小群子这一年，终于长成了铮铮小梅郎。

要说明珠怎么才能不蒙尘呢？非得遇上懂行的人，还有一样，这里面还得有一份偏爱。好学生是鼓励出来的，打重要吗？梨园行里谁的屁股上没挨过师父的棍棒？可打出来的，终归不如自己练出来的，老话儿怎么说来着？"响鼓它就不用重槌"。

梅兰芳的幸运，就是遇到了开蒙恩师吴菱仙。就在他八岁那年，梅兰芳正式拜师吴菱仙。一头磕

祖师爷没赏你这口饭

到地，成就了一段戏曲史上的传奇。

吴先生作为响当当的名角儿，对艺术不含糊，对学生更是看得紧。他怎么教戏呢？就拿学唱腔来说吧，他端坐在椅子上，学生都站在桌子旁，桌子上摆着"老三样儿"——铜钱、漆盘、界方。

他规定，学生学唱得唱个二十或三十遍，每唱一遍就把一枚铜钱放进盘子里，十个一来回，不唱到烂熟于心、自然流露，那就没个停歇。梅兰芳学戏，那是带着劲头儿的，他偏得吃上祖师爷这口饭！

正所谓："千里马常有，而伯乐不常有。"吴菱仙当然是伯乐，咱们小梅郎，又是那千古难遇的奇才，这就成了啊！

诸位，咱们记住喽，莫道君行早，更有早行人。要知梅兰芳是怎么练就这一身本事的，吴菱仙对他青睐有加，难道就真的只是看出来他的天分了吗？嘿嘿，这事儿另有隐情！

啪嗒一声醒木，您动动腿儿收收神，明儿请早儿，咱们下回分解。

什么叫世家？这就叫世家

不辩解"专心练功"，梅兰芳"初登鹊桥"。

上回书说到，经受了一句"祖师爷没赏你这口饭"沉痛打击的梅兰芳，不但没有一蹶不振，反而咬牙苦练，终于拜在吴菱仙门下，正式开蒙。要说这吴先生，怎么就非得要把这个资质尚处下乘的学生调教出来呢？您这就听我慢慢道来。

兴许是感慨梅兰芳的遭遇吧，吴菱仙对梅兰芳有着一份特殊的关注。本来梅兰芳应该是家传的"门里出身"，偏偏还是走上了更为艰难的投师学艺之路，成了自己的"手把徒弟"，吴菱仙对梅兰芳也是有着一份心疼。这两种传承方式，自古就是民间艺人代代传续的形式。手艺就是饭碗，可不能轻易撒出去，父子相传自然是没有藏着掖着的，不遗余力，教的还都是"门里活儿"。可拜师学艺这条路就难上加难了，教会徒弟饿死了师父，往往师父都得留一手。哪怕是碰上好师父，也得仔细观察徒弟几年品行心性、天资发展。

书归正传。甭管吴菱仙是怎么想的，总归对这小徒弟梅兰芳是尽了十二分的心。从指法手势到抖袖整鬓，少年梅兰芳在师父那里学到了最规矩的基本功，他自己更是定时给自己"加菜"，偷偷地可就安排上了跷功。

跷功是什么？那是旦角的一种高难度表演功法，就是模仿古代妇女裹的小脚，用木棍牢牢绑在演员脚上，配上个三尖粽子似的小彩鞋，表演各式各样的动作，比芭蕾舞还要难上许多。芭蕾舞总还有脚后跟不时落地的时候，跷功可没有，得忍着疼，保持平衡满场飞奔！

梅兰芳就找了个长条板凳偷偷放在后院，还偏找的是那个松了卯榫，用了上百年的老凳子，坐上去都得微微晃荡的那种，您当他这就得了？没有！他还弄了块青砖放在板凳上，给自己绑好了"小

什么叫世家？这就叫世家 17

脚"，往上面一站，就是两炷香的工夫。脚尖疼，大腿酸，汗珠子落地摔八瓣儿，就为了练这腿上功夫。

师父对梅兰芳看管得严格，关起院门来练家伙，吃饭睡觉准时准点，就练他个耐得住寂寞，但独一样儿不管他，那就是梅兰芳和姑丈练拳脚。

梅兰芳的姑丈秦稚芬，有个拿手的绝活儿，那就是在飞驰的马车上舞刀动叉。梅兰芳常磨着姑丈教他，从太极到棍棒，终于练就了一身的好本领，后来这些本事果不其然全都化用在了舞台上。不妨看看《霸王别姬》里梅兰芳的舞剑表演，太极剑的功夫就是少年时期练成的，这可就不只是台上一分钟，台下十年功了。

学得了这功夫，梅兰芳更知道身手的重要了，何况好旦角都得精通刀马旦[①]和武旦[②]。台上打得了

[①] 刀马旦：刀马旦专演巾帼英雄，提刀骑马，武艺高强。
[②] 武旦：旦行中的勇武女性，表演上重武打和绝技的运用，"打出手"是其突出特色。

鞭，踢得了枪，对得了剑，舞得了棍，打出手[①]不能怯，才是好角儿。要不怎么说万事开头难呢，经历了这么多的苦练，梅兰芳已然是有了自信，他又拜了武生茹莱卿学武功。

那学得叫一个全面，刀枪剑戟斧钺钩叉，鞭锏锤，抓马鞭拂尘，带尖儿的，带刃儿的，藏锋的，露刺儿的，短打[②]、长靠[③]、软靴厚底儿[④]，把旦行功夫学了个扎扎实实，滴水不漏。

日夜不休，从第一出戏《战蒲关》到《二进宫》《玉堂春》，几十出旦行的当家戏，就烙印在了梅兰芳的脑海和身法里，终于是"蚌病成珠"。吴菱仙对梅兰芳这个学生真是眼里看，心里爱，偏偏面上不露，嘴里不说，这叫"摁住了宝"。

---

① 打出手：戏曲武打中的特技。又称"踢出手"，俗称"过家伙"，以打出手的主角为中心，叫"上把"，另有几个抛扔武器者叫"下把"，他们相互配合，进行抛、掷、踢、接武器的特技表演。
② 短打：本是裋褐，一种汉服类别，粗布中衣。外穿，方便活动，做劳动服装或军服穿着，多是布衣百姓、武者所穿。在戏曲中，也成了武生以及武旦的一个类别，穿短衣，不饰演马上角色，多用短兵器。
③ 长靠：一般指长靠武生，主要特点是扎靠（传统戏中武将的装束），穿厚底靴，用长兵器。一般刀马旦也穿长靠。
④ 厚底儿：厚底靴，戏曲中老生、武生、小生和花脸所穿的鞋子。

虽然是摁着这"宝",但有一点吴菱仙始终没忘。梅家家道中落,梅兰芳是要挑起家里大梁的,越早出师越好。这也是他一直压着梅兰芳苦练的原因,一是练功夫,二是磨性子。这都是为梅兰芳出师做准备。

当十岁的梅兰芳被带到前门广和楼后台的时候,他还有点不敢相信。自己真的能上台了吗?回过头来看向师父吴菱仙,师父没说话,只是微微扬了扬下巴。已经扮好了戏的梅兰芳深吸一口气,款款走到了上场门前。爱其徒为其计深远,吴菱仙时时给学生谋划着实践的机会,这一行没有舞台和观众的"打磨",出不来。所以,才有了梅兰芳这次登台的机会,让他客串昆曲《长生殿·鹊桥密誓》中的织女。那时候学戏,京昆不分家,都是先学昆曲再动皮黄。皮黄是西皮、二黄两种腔调的合称,有时也专指京剧。

这头梅兰芳刚做好表情,整理行头,端起身架,可往台上一看,傻眼了。只见台上搭着他从未见过的砌末①，是一座插满纸喜鹊的大桥。是呀，牛郎织女是在鹊桥上相见的。梅兰芳才十岁，穿上一身行头后，哪有本事自己登上这大桥啊！他还没回过神儿来，就感觉到胳肢窝底下一股劲儿，双脚就离了地。原来是师父亲自把梅兰芳抱上了鹊桥。师父师父，如师如父，碰到什么坎儿了，只要师父还有把子力气，抱也得给他抱上去。

这是梅兰芳第一次登台，一亮相，一开嗓儿，就赢了个满堂彩！娃娃角儿，看的就是个扮相，听的就是个滋味。毫无疑问，梅兰芳自此就算正式在圈儿里挂了一号。不是梅巧玲的孙子，也不是吴菱仙的徒弟，是鹊桥上的织女——梅兰芳！

自打这回之后，梅兰芳的名声渐渐流传开了，一同崭露头角的还有他的两个同门，朱幼芬和王蕙芳。三人都开始登台之后，大家就不由自主地比对起来。

朱幼芬是高门大嗓儿，王蕙芳也是声音亮堂，偏偏梅兰芳的声音就有点发闷了，不太能要来"好

---

① 砌末：砌末是戏曲舞台上大小用具和简单布景的统称，像文房四宝、灶台、马鞭、船桨，以及一桌二椅等。

儿"。甚至还有人直接就和梅兰芳提出来了，可梅兰芳只是讷讷地不辩解，依然如故。大家都说这孩子有点傻里傻气的，唯独师父吴菱仙从始至终不做点评。

后来，还是著名琴师陈祥林先生直接给说破了："诸位可大大看错了，幼芬唱的不及兰芳，兰芳这是在有意练那重要的'啊'音，这孩子是音法全，补拙呢。幼芬是用字儿凑更高亢的'咿'音，爱要观众的'好儿'，实际上是畏难。"您看看，内行看门道，不言不语的梅兰芳终归是练就了圆润高亮的嗓音。

后来，等到吴菱仙点头答应梅兰芳出师时，梅兰芳含着热泪给师父道别，千言万语不知道怎么报答。谁知，吴菱仙却说："孩子，你不用报答我，我这是在报答你祖父当年对我的恩情。"

原来，吴菱仙年轻时在四喜班搭班，班主就是梅兰芳的爷爷梅巧玲。这位梅公巧玲是出了名的乐善好施，还极其顾全朋友脸面，他的故事可多了去了，这回书咱们单说梅巧玲施恩吴菱仙。

话说早年间，吴菱仙并无太大声名，一家人全靠他的戏份儿①过活。人吃五谷杂粮，哪能没病没灾呢？有一回，他家里出了意外，急需用钱，可他不好意思跟戏班开口挪用，每天愁眉不展。那天散了戏，月色清明，刚要出园子，就听见有人叫他的名字。一回头，正接住班主梅巧玲扔过来的一团纸，都是练家子出身，这一扔一接，自然极了。"菱仙，给你个槟榔吃。"说完梅巧玲就转身消失在了夜色里。等吴菱仙打开纸团，发现那正是一张让他愁白了头的银票。

天下没有无缘无故的偏爱，前人栽树后人乘凉。什么叫世家？积善方是世家。下回书，您且听我给您讲讲梅兰芳是怎么搭班喜连成的吧，那可是真真正正的"小宗师"。

---

① 戏份儿：在梨园行指的是演员单场演出所获得的报酬，古时根据演员"分量"，即知名度不同而多少各异。

"炼丹炉"里,火眼金睛

说书的怕火上咽喉,唱戏的怕死眉塌眼。

这回书,别的不说,旁的不论,就道道梅兰芳旦角扮相那双飞了神儿的、汪着水儿的、照人影儿的明眸善睐。

皮黄声声,台上正上演着《捉放曹》,此时正到《宿店》一折。台下鸦雀无声,吸溜水儿的歇了嘴儿,嗑瓜子儿的停了齿儿,知道这是到了演员"端盘子上菜"的裉节儿上了。

只见台上扮演陈宫的老生把那段"二黄"板唱得那叫一个瓷实,人物的情绪越来越激动,唱腔的音儿就越来越高,还不是拔山震耳的高,是细腻悠扬地往上飘,那叫一个鹤唳空山穿谷响。陈宫那悔恨交加、苦不堪言的心情直打入听众的心里。

园子里有那不懂装懂的客人，闭着眼敲着大腿，坐在那里充内行。确实，听戏听戏就是听个味儿，可这会儿不一样啊，真正懂行的此时眼皮都不带眨巴的。越是唱功段，越得看表演，得看演员怎么把人物心情从细枝末节里演出来。台上演陈宫这位不是旁人，正是"伶界大王"，菊坛领袖，姓谭名金福，人称"小叫天"的谭派祖师爷谭鑫培。这大段的唱腔，正是他的拿手好戏，票价一半就花在这儿了，错眼珠儿的可都是亏了，您还闭眼！

要说底下观众是目不转睛，琴师后边那双眼睛更是聚精会神。只见那双眼是不大不小，匀称正好儿，眉心微蹙，稍垂眼角儿，琉璃珠儿似的滴溜溜随着台上的人打转儿。眼睛下是鼻子，鼻翼偶尔抽那么一下半下，樱桃似的小嘴儿紧紧抿着，下巴颏儿溜溜光是光溜溜，对襟坎肩打毛圈儿的领子正抵在下巴上，乌黑的衣裳撞上那透着瓷光的白脸蛋儿，正是个唇红齿白少年郎。这人不是张三更非李四，是刚刚《游龙戏凤》里下了场卸了装的少年梅兰芳。

话说此时的梅兰芳，已经是崭露头角的童伶了。一九〇七年，十三四岁的他搭班了喜连成，从此一边学戏一边演出。不同的是，这搭班学艺是拿包银的，也不用和科班里坐科的学员们一个锅里搅稀稠①。要说这喜连成您听着陌生，那它后来的名字您肯定听过——富连成。

富连成在咱们泱泱大中华的历史上，是最有名的京剧科班之一了，培养出的京剧大师多如牛毛。开宗立派的就有马连良、谭富英、侯喜瑞、裘盛戎等。为了壮大学员队伍，也给科班弟子点压力，喜连成时期就开始吸收已经在社会上崭露头角的娃娃名角儿，就比如梅兰芳。同他一起搭班的还有一位，是后来的南派大师周信芳。那时，周信芳也还是个小小少年，与梅兰芳年龄相近，一生一旦，光彩耀眼。

喜连成给了梅兰芳舞台，更给了他机会，他那双"火眼金睛"，就是从这琴师后面炼就的。每天

---

① 一个锅里搅稀稠：每天生活在一起。

"炼丹炉"里，火眼金睛

开锣他就在，散了场才走，就为近距离地咂摸前辈大师的本事。那会儿可真是众星云集，群星闪耀，谭鑫培、汪桂芬、孙菊仙、陈德霖、王瑶卿、路三宝、金秀山、张占福……那一身身的看家本事，嘿，甭提了。

就在这样的环境中，梅兰芳开始"炼眼"。那些大师各有绝活儿，唱念做打扬长避短，各具特色。旧社会，靠手艺吃饭的，本事和饭辙连在一起，谁能不跟自己较劲儿呢！兴许是差着辈分呢，这些大师也不避讳，梅兰芳小小年纪有这份好学的心思，那就看他自己的悟性吧。

就这么着，前辈们无形中给梅兰芳"喂戏"了。大师们演多少遍他就琢磨多少次，台上的活儿台下悟，日久天长，梅兰芳可就看懂了不少门道。少年的底子融进了后来的艺术，行当里兼收并蓄，流派中博采众长，这双"火眼金睛"还真就在后来成就了大师梅兰芳。

当然，梅兰芳此时还是继续向吴菱仙学青衣，也没耽误跟着姑丈学花旦戏，尤其还向王瑶卿问道。别看这都是学的旦角戏，里面学问可大了去了。过去，青衣和花旦是严格区分的，青衣以"唱"为主，花旦以"做"为主，并不交叉，后来被称为"通天教主"的王瑶卿，则是改革了青衣和花旦，将两者融为一体，创造了"花衫"这一行当。所以，梅兰芳学的是综合的艺术。

王瑶卿真是喜欢梅兰芳。怎么说呢？有一天，梅雨田带着梅兰芳去王家，说师徒之实虽已有，还是得烧香磕头拜师。可人家王瑶卿，压根儿就没让梅兰芳把这头磕下去，硬是给拦了。

梅雨田觉得很奇怪，王瑶卿是对梅兰芳拜师有意见吗？王瑶卿已然是全本亲授了梅兰芳《虹霓关》《汾河湾》等自己的当家戏，怎么不受香，不让梅兰芳磕头呢？

梅雨田正琢磨呢，王瑶卿哈哈大笑，拍着梅兰芳的肩膀说："要论起行辈，咱们俩平辈，不必拘泥这些规矩，我们还是兄弟相称。"不但如此，自打梅兰芳演了《虹霓关》，王瑶卿就再没演过这出戏。这份情谊，还在乎那三个拜师响头吗？

实际上，梅兰芳在王瑶卿那里学到的最精华的还是他的改革意识，看看梅兰芳的《贵妃醉酒》就知道，把一出传统戏给演成了殿堂之作，其中改革的地方不胜枚举。

要说梅兰芳"火眼金睛"，大家还记得前面说过，梅兰芳小的时候双眼并非有神，他有些近视眼，还有点眼角下垂吗？可后来的舞台上，唱到"金色鲤鱼在水面朝"[①]时，光看他的眼睛就仿佛看到了游动的鱼，他是怎么练成的呢？除了看香头儿苦练，还和他的一大爱好有关。

十七岁那年，梅兰芳脱离了喜连成。不是因为别的，是遇上了每一个戏曲演员都得直面的"劫"——倒嗓。倒嗓是行话，实际上就是变声。变声得养，还得科学训练，否则嗓子就毁了。这会儿是不能累嗓子的，搭班的科班自然是得脱离。

在家休养的这段闲暇时光，梅兰芳喜欢上了养鸽子。要不怎么说老北京呢，北京城上白鸽飞，到现在都是一景。放飞鸽子得抬头看啊，梅兰芳的眼睛算是锻炼出来了，迎风也不流眼泪了，眼珠转动

[①] 为《贵妃醉酒》中的唱词。

更加灵活了。

真所谓"炼丹炉里炼就火眼金睛,台侧飞鸽成就大师明眸"。这回书暂且搁住,咱们下回继续。

大师是怎样炼成的

月缺月圆月不变,花落花开花争妍,流水日子下山虎,孔子曰:"逝者如斯夫。"

书接上回。梅兰芳倒嗓归家,养鸽子练就了美目亮眼。时光如水,几个月后,梅兰芳再次登台,先搭班鸣盛和,后搭双庆班,华彩不让前辈,声名鹊起京城。

戏台上,传统戏《汾河湾》正要开场。台下边,上茶水的,递零嘴儿的,大嗓门儿喊"奶酪"的,最招人看的就是投毛巾。这还有个名字,和舞台上"刀枪把子"似的叫个"打毛巾把",也是讲究个"出手"配合。各层楼上都有几个点位,底下热水洗毛巾的把毛巾洗好,十个八个的一沓捆好后迅速出手，甭管二层三层还是包厢外面，一扔一接是丝毫不差，带着旋律透着力道，毛巾满场"飞"。

接到毛巾的戏院穿堂小二，麻利地递给客人蘸脸，然后再扔回去，一来一回潇洒刷利。要说这会儿谁最乐和，除了戏院老板，就当属穿堂的小二了，他们脸上都乐开了花儿。每回贴出去谭鑫培和梅兰芳的《汾河湾》，都是满座儿。最近这几场戏更是爆火，恨不能卖站票出去。戏院买卖好，赚头就足。

锣声一响满场静，好戏开演。

谭鑫培谭老板那绝对是一顶一的人物，"小叫天"不是白叫的，他扮演的薛仁贵那真叫个调儿正味儿足。可这回的演出，饶是见过世面的谭老板也有点愣了。不是因为别的，观众们有点过分热情了，一句一个"好"。他心想：不对啊，我唱了一辈子《汾河湾》，这里不是高潮啊，难道观众叫的是倒好？

在一片如潮的掌声中结束了演出，谭老板这还纳着闷儿呢。正好听见后台经理和梅兰芳的对话，才明白，合着那些不在裉节儿上的叫好，是给梅兰

大师是怎样炼成的

芳扮演的柳迎春的。下回再贴这出戏，谭鑫培特意用眼角余光扫了扫身边的梅兰芳，这才发现，按照传统戏的规矩，应该在老生唱时"抱着肚子"当摆设的青衣角色梅兰芳，这会儿正全然沉浸在情节里。

谭鑫培这边唱词刚一出口"常言道千里姻缘一线牵"，那厢梅兰芳本来微微垂着的眼睛忽然就闪了一下光，头几乎不可见地侧了侧。谭鑫培是谁？谭鑫培是行家里的行家、改良京剧的鼻祖。他知道，这是梅兰芳在用细微的身段变化和表情，来展现人物的内心世界。

谭鑫培心领神会之后，后面的戏更是"活"了起来，旦角的身段表情与老生的唱词念白交相辉映，台上再无空白。那一声声叫好，险些顶破了戏院的穹顶子。

实际上，也是从那次开始，谭鑫培真正地把梅兰芳这个晚辈当成了搭档看待。其实自打梅兰芳重回舞台，日日名声见长，有了一大票捧角儿的戏迷，要不然谭鑫培也不可能指定梅兰芳和自己搭戏。

要说梅兰芳一向是中规中矩地唱青衣，怎么突然间在《汾河湾》这出戏里就动起了心思呢？这得从一封信说起。

那天梅兰芳散戏回家，桌子上已经摆好了家人替他收到的信件，一封署名陌生的信引起了他的注意。

挑起灯芯，梅兰芳用剪刀仔细地裁了，抽出一沓信纸，才发现是一封长达三千字的"建议信"。这封信里写的就是梅兰芳近期常演的《汾河湾》。写信者就传统戏曲中青衣行当"抱着肚子"充端庄的问题提出了自己的看法，又根据《汾河湾》的剧情把柳迎春应当展现出的身段表情和心理变化说了个仔仔细细。梅兰芳读完这封信，激动万分，拍案叫绝。

写这封信的不是旁人，正是著名的教授，戏里泡大的才子齐如山！这位齐如山，可是货真价实的"戏口袋"。这么说吧，生旦净丑[①]，文武昆乱[②]，就没有他不懂的戏。梅兰芳绝对是个行动派，马上就

---

① 生旦净丑：京剧的四大主要行当。
② 文武昆乱：指的是文戏、武戏、昆曲和乱弹。

把这些建议实践了。果然，这不就火了。

从那之后，二人的书信往来就没断过。两个惺惺相惜的艺术挚友，不知不觉间推动了整个旦角行当的一大革新。之后，齐如山也成了梅兰芳的书房——缀玉轩中的常客。

其实，齐如山最初那封信中，最让梅兰芳感动的，还有一句称呼。齐如山给梅兰芳的信上写的是"梅兰芳先生收启"，那是梅兰芳第一次被称呼为先生。在旧社会，唱戏的和说书的一样，被当作下九流，本事再大，人家再捧你，也不会真正平等地对待你。饶是大腕儿名角儿，谁肯管你尊声"先生"呢？所以齐如山的这份尊重，让梅兰芳眼眶发红，他是打心眼儿里认定了这个良师益友。

后来，梅兰芳有了太多的尊称，甚至还获得了博士的头衔，可他心底最珍念着的还是人生中第一次被称呼的"先生"。

俗话说得好："一个好汉三个帮。"梅兰芳的缀玉轩里聚集的都是鼎鼎大名的文人雅士。在这群人里，齐如山还算后来加入的呢。

梅兰芳十三四岁时，碰上过一位贵人，即人称

"冯六爷"的冯耿光。从日本陆军士官学校毕业后，冯耿光的官越做越大，一路做到了当时总统府的顾问。一九〇七年，他进京编练新军，认识了初出茅庐的梅兰芳。梅兰芳正是含葩敛翅苦练技艺的时候，名声比不上姚佩兰、朱幼芬等人。慧眼识珠的冯耿光看了梅兰芳演的几场戏之后，便拿出了自己半个月的收入帮助梅兰芳置办行头，维持家用。

君子之交淡如水，之后的几十年，冯耿光始终尽心帮助这位他看好的艺人。尤其是当冯耿光担任当时的中国银行总裁之后，更是用尽办法鼎力相助梅兰芳访日、访美乃至访问苏联的艺术之旅。冯耿光多方筹措资金，甚至不惜变卖房产，也要促成梅兰芳扬名海外的访问活动。他还把梅兰芳引荐给各界有学识、有见地、有实力的朋友们，终是"捧梅"捧得真大师。冯耿光的这份真挚与赤诚，是比戏更大的"义"。

还有一点，您八成想不到，这位"冯六爷"可是武行出身，一身的马上功夫那是没的说。梅兰芳那些拿手的刀马旦戏，乃至融入了刀马功夫的花衫戏，也都有冯耿光指导的影子。

大师是怎么炼成的？苦练。但是，还得碰上懂行的良师益友，要不也就是个闭门造车。梅兰芳用自己的人格、品位和道德，吸引了一大批君子。

冯耿光、齐如山、罗瘿公、舒石父、张彭春……这些人"护梅""捧梅"，让梅兰芳的艺术永葆创新之"香"。所谓"友直""友谅""友多闻"，回过头来想一想，说的不正是梅兰芳的这群师友吗？

诸位，一盏清茶口留香，天色渐晚日西斜。书到此处不觉晚，怕是更深露重扑面寒。留下话头三两点，咱们呢，回见。

唱大轴，火遍上海滩

人活一世，草木一秋，逃不过世态炎凉，人情冷暖。《增广贤文》里说得好："贫居闹市无人问，富在深山有远亲。"唱戏的也一样，唱红了高朋满座，唱不火冷烛青灯。

咱们书接上回。

辛亥革命之后，清政府亡了，换了民国。一九一三年的梅兰芳，已经是旦行的翘楚。在北京城是一天红过一天，叫好又叫座儿，也就成了一线的名角儿。这时候的他，也不过才十九岁。

此时的梅兰芳，心头沉甸甸地压着个事儿。干梨园这行的都知道，只在北京红火可不行，两个"大码头"走个通透，才算成了，用天津话说叫

"站起来了"：一个是十里洋场的大上海，一个就是戏码头天津卫。

对于梅兰芳来说，天津卫的观众虽说是挑剔，但和"京朝派"总归是一个路子，他戏学得规矩，本事傍身，有把握立住，倒是不必着急。可上海还真是不一样，上海的京剧自成一派，叫"海派"。"海派"注重的是整体的观感和情节的把握，与"京朝派"中规中矩以韵味和唱腔为主大有不同；而且上海戏迷捧角儿那是有一说一的，各大报馆撰写文章，各路堂会纷纷捧场，尤其是包银给得足，不少北京的名角儿到上海演出，观众还真不一定买账。梅兰芳早就想试试了，这不，说时迟那时快，机会还真就来了。

怎么回事呢？这回是上海最有名的戏院"丹桂第一台"的老板许少卿，特意进京来请名角儿到上海演出。他首先找到了红透半边天的老生王凤卿。王凤卿也不含糊，当即同意。可是有一样儿，王凤卿点名要梅兰芳做自己的搭档。

从王凤卿家里出来坐上了黄包车，许少卿心里就有点嘀咕。按照他本来的想法，怎么也得请一位和王凤卿旗鼓相当的旦角，两人一登台，才容易博得满堂彩。这位梅兰芳虽然在北京算是名角儿，可毕竟年纪资历尚浅，不过，王凤卿既然点了要和梅兰芳搭戏，就有他的道理，毕竟王凤卿是混过升平署①的人，眼光毒着呢。

一夜无话。

转天在王凤卿家里，许少卿总归是点了头，不过包银上他又给梅兰芳出了难题，王凤卿拿三千二百元，梅兰芳拿一千四百元。王凤卿一听可不干了，好说歹说，最后连从自己包银里拿出来给梅兰芳补贴的话都说出来了，许少卿这才给梅兰芳提到了一千八百元。王凤卿这样做，是要给梅兰芳一个演员最重要的东西，就俩字——体面。行当人，最讲的就是个体面，别跌份儿。给自己体面，也得顾着别人体面。

如何准备，是何等的心态，暂且按下不表。等到二人与鼓佬杭子和、琴师茹莱卿以及专门的梳头师傅韩佩亭一行人到上海的时候，首先就遇到了一

---

① 升平署：清代掌管宫廷戏曲演出活动的机构，称南府，始于康熙年间。

个大麻烦。

人怕出名猪怕壮，红人自有红人难。得知王凤卿和梅兰芳抵沪，上海的金融巨鳄杨荫荪就找上门来，专门请王凤卿和梅兰芳去他家唱堂会。托请的人是王凤卿的好友，有了这层关系，梅兰芳自然也是一口应下。可半路又杀出个许少卿，硬是要拦着，说是他请来的角儿，要是先在别处露了脸儿，万一唱砸了，自己可亏大发了。说来说去，还是不放心年轻的梅兰芳。

梅兰芳自然是心知肚明，但他也只能把这口气暂时咽下去。您自然也是想到了吧，堂会上，嘿，甭提了，梅兰芳上台帘儿一掀，那就是满堂彩，再一张嘴，又是个满堂彩，更甭提他和王凤卿的对唱了，瓷实的"快板"①嘎嘣脆，对上的调门儿是节节高。

戏一唱罢，俩人谢幕谢了三次，连番地加了唱才算是下了台。这一回梅兰芳算是彻底出了名，丹桂第一台的戏报还没贴出去，排队买票的观众已然

---

① 快板：表演剧中人物心情急切或恐惧时，多用快板这一板式。

唱大轴，火遍上海滩

是排成了长龙。

再看许少卿，美！要不怎么说他是生意人呢，一看这行市，他就涨了票价，即便如此，依旧是满座儿。

十一月四日，梅兰芳上海登台头一次，就来了个"雏凤清于老凤声"！大轴戏自然是王凤卿的《朱砂痣》，倒二的压轴戏便是梅兰芳的《彩楼配》。一场唱罢名声震，十里洋场美名扬。

之后几天也是连演连火，场场爆满。

这天散了戏已经是午夜，许少卿家中灯火通明。他连连为二位角儿布菜，时不时还冲梅兰芳露出一脸的微笑。梅兰芳看到许少卿的样子，不禁哑然失笑，不过他一颗心也算放下了，这次上海之行，里子面子全保住了，算是百尺竿头更进一步。

谁知梅兰芳这一筷子青笋还没夹起来，那边听到王凤卿突然抛出来的一句话，他赶忙又把筷子放下了。

"许老板，我们哥儿俩没给你演砸吧？"王凤卿说。

"您哪里话，二位都是响当当的角儿。"许少卿赶紧站起来说。

谁承想，王凤卿摆了摆手。梅兰芳刚要出言救场，王凤卿就正色道："上海讲究个'压台'①，大伙儿看梅兰芳梅老板，是不是足以唱大轴了？"

梅兰芳一愣，心头涌上一股暖流。他知道王凤卿是想让他头回来上海就能唱大轴。从古至今，为了一个非亲非故的晚辈同行，让出自己唱大轴位置的艺人，不能说没有，真是凤毛麟角，王凤卿这样的好人又让他梅兰芳赶上了。梅兰芳内心能不激动吗？能不感动吗？

"得嘞，我们自然乐见其成啊！"许少卿赶忙答言。他可是个八面玲珑的人，这几天他算看出来了，梅兰芳并非池中之物，要是能把上海的第一个大轴压在丹桂第一台，那他不光是脸上有面子，往后的地位也得提上一提了。

眼见就到了十一月十六日。丹桂第一台，台下人声鼎沸，叫好声此起彼伏。只见台上，红鞋红靠彩腰包，盔头上红底儿两排粉绒球，两条翎子冲天

---

① 压台：唱大轴。

唱大轴，火遍上海滩

高，好一个粉面朱唇英姿飒爽女将军。左手雕弓挽，右手长鞭握，穗子流苏抖波浪，靠旗不乱当风扬。问道这女将，便是《穆柯寨》里穆桂英，刀马旦里逞威能。饰演穆桂英的不是旁人，正是前一阵儿上海滩的话题中心梅兰芳。没错，他就是拿这出刀马旦《穆柯寨·穆天王》首次唱大轴。青衣的嗓子，花旦的念白，一身地道的刀马旦功夫，那天的丹桂第一台叫好声震天响，这一遭，"穆桂英"红透上海的半边天。

合同期满，演出本该结束了，不单是许少卿不放人，上海的观众也不放人。王凤卿和梅兰芳不得不贴戏加演，满打满算，演了足足四十五天！谁承想，等俩人回到北京城，一下火车，梅兰芳竟然傻了眼。

要知为何，咱们下回分解。

永远和自己"唱对台"

上回书说到梅兰芳唱大轴名扬上海滩,回京后下火车却愣了神儿。眼睁睁看着来接站的有好几拨人,该上谁的车,让他着实犯了难。原来,梅兰芳红遍大上海的消息早就传回来了。此时,正是梅兰芳搭班到期的当口儿,各个戏班由暗抢变明争了。

把时间的指针往回调,这事儿咱们还得从梅兰芳在上海的时候说起。就在上海演出的当口儿,梅兰芳接待了一位特别的来客,这人正是他曾经一度搭班的双庆班班主俞振庭。此番俞振庭从北京特意前来,正是为了抢先一步把梅兰芳重新签入自己的戏班。

梅兰芳一想,这边与翊文社的合同即将到期,之前和双庆班也确实颇有感情，班主又特意前来相邀，自己还多多少少与俞振庭有点亲戚关系，于是就欣然应允，只待回京后双方签合同。

话分两头，梨园行就这么几个大班社，哪有不透风的墙！这边俞振庭刚一动身去上海，翊文社的班主田际云就知道他是奔着梅兰芳去的。田际云赶忙写了信加急送去上海，信中请梅兰芳务必续签翊文社。

等梅兰芳看到这封信的时候，已经要动身离沪回京了，匆忙间来不及回信，心想等回到北京再跟田际云解释一番罢了。谁承想，这一下火车，几拨接站的人都抢着来拿行李，彼此间火药味儿十足。他无奈只得按照约定上了双庆班的马车。

梅兰芳的选择彻彻底底激怒了田际云。田际云当即就派了自己的管事闯入梅宅，扬言只要梅兰芳签了别的班社，就打断他两条腿。

嗬，好大的口气！梅兰芳被气得不轻，回来的马车上他还想着找机会得去和田际云解释一二，没想到田际云竟然摆出此等戏霸姿态。梅兰芳心一横，让人就把管事的给轰了出去，两个人因此事结下了梁子。

田际云果然没有善罢甘休。这天清早,梅宅迎来了一群不速之客。足足三十六位武把子,手持舞台上的刀枪剑戟斧钺钩叉,把梅府团团围住。下一刻,只听一声暴喝——"好大的胆!"声音未落人已至。只见后院飞身而来一位大汉,手持三尺马鞭一根,饶是被团团围住依旧面不改色。

"来者何人?多管梅家闲事!"领头的仗着人多势众,鼻子孔向外翻着,跟头骡子似的冒白气儿。

这位大汉也不含糊,抽出马鞭当场一扬,只听啪的一声,空气中一声炸响,吓得人不敢出声。

话不投机就动起手来。那群武把子说白了就是一群武生的龙套,花拳绣腿面子货,哪里比得了人家大汉的真功夫,不消片刻就是个人仰马翻叫苦连天,灰溜溜退了出去。

"姑丈辛苦。"梅兰芳把刚刚收起马鞭的大汉请入正屋奉茶。原来这人不是旁人,正是梅兰芳的姑丈秦稚芬。前面提过,秦稚芬也是皮黄出身,却是正经投过帖、拜过师的练家子。还记得吗?梅兰芳当年马车上舞钢叉和武旦的跷功就是跟着姑丈学的。

田际云并不罢休，几次三番明里暗里来梅兰芳家找碴儿，奈何秦稚芬把梅宅护得密不透风，来几次打回去几次。直到又一次，他找了几个彪形大汉，专门去向秦稚芬"讨教"，依旧是被秦稚芬的七节鞭打了个"落花流水春去也"。这回，秦稚芬是真气坏了，把鞭往腰里一收，留下一句话："唱戏的要讲义气，回去告诉你们老板，再来相缠，别怪我打上门去！"

自此，田际云不敢再轻举妄动。梅兰芳知道，冤家宜解不宜结，看田际云不再来找碴儿，他也就请秦稚芬陪同自己专门去了一趟田府讲和。田际云当然是暗自高兴，梅兰芳顺势又提出，正式离开翊文社之前，先唱几天拿手的大戏，给了田际云足够的体面，双方化干戈为玉帛。不过，经过这件事，秦稚芬那句"唱戏的要讲义气"在圈子里算是传开了。

之后，梅兰芳在双庆班挑起大梁，戏一场赛一场地火，就这样火到了一九一五年的中秋节。

一个消息传来，梅兰芳和俞振庭等人全都坐不住了。怎么说呢？梅兰芳的老师，后来被尊称为京剧"通天教主"的王瑶卿为了应和节日，特地翻出了一个剧本《天香庆节》，要趁着热闹在新剧场"第一舞台"首演。排演新戏不至于给已经站稳脚跟的梅兰芳这么大压力，主要是王瑶卿的阵容。您听听都有谁：杨小楼、陈德霖、龚云甫、萧长华、钱金福、姚佩兰……那真是群星璀璨，全是大角儿。有一说一，就王瑶卿这聚人的本事，要说他是第二，北京城里没有人敢说自己是第一的。

俞振庭比梅兰芳更发愁，谁让他是班主呢！又听说王瑶卿特意从上海新制了衣箱①，一水儿的新货时髦款。最后，还是梅兰芳想出了一个主意，不能跟王瑶卿硬碰硬，得凭着旗鼓相当的本事出奇制胜。

您可别忘了，梅兰芳最不缺的就是智囊。于是，"戏口袋"齐如山正式出山。怎么来怎么去的、

---

① 衣箱：戏班后台盛放服装道具的箱子。主要分为大衣箱、二衣箱、三衣箱，分别盛放不同类型的服装，另有盔箱和旗把箱，梳头桌，彩匣子等。这里指戏服。

怎么修怎么改的咱们按下不表，斗转星移，就在《天香庆节》首演的当天，梅兰芳贴出了全新大戏《嫦娥奔月》！

观众们哪见过这扮相？台上婀娜的嫦娥跟画里的简直一个模样，顶髻高高配垂髾，垂裙丝绦系窄腰，台上莲步如摇柳，回眸一瞥百媚娇。再说这唱腔，边舞边唱起新腔，每个字都咬在了观众的心坎儿上。京剧的场子里，演出胜在了一个"静"，昆曲的雅，皮黄的飒，一招儿齐。没错，就这出创新的古装大戏，愣是唱得《天香庆节》静无声息。

《嫦娥奔月》演出大获成功，梅兰芳的创新戏如同开了闸，一发不可收，不再和别人"唱对台"，变成和自己"唱对台"。转年，元旦的开台大戏，又贴出了梅兰芳新编的红楼戏《黛玉葬花》。梅兰芳扮演的林黛玉，一上台就是满堂的好儿，"品"字形的古装髻，鬓云斜插海棠花，大襟儿的短袄素罗裙，裙腰晃动一抹纱。

上台仍是先取静，"孤苦伶仃，一腔心事向谁论？"一声念白打出来，声里透着怨，凄凄惨惨戚戚，柔柔弱弱纤纤，台下观众全成了感同身受的林妹妹、满心怜爱的宝哥哥。唱腔那叫一个多变，怎么咂摸怎么好听。

梅兰芳还安排了一场"戏中戏"，他扮演的林黛玉正在听曲，听的是《牡丹亭》。窗帘外林黛玉悲不自胜，窗帘内昆曲名家乔蕙兰先生在后台配合演唱"良辰美景奈何天""则为你如花美眷"。再看台上，如醉如痴的林妹妹眼神里迷惘透着痴缠，辉映出那句"似水流年"。

一折终了，观众们才回过神来，笑的笑，哭的哭，老式的叫好声、新潮的鼓掌声，好似地动，恍如山摇，直到"林黛玉"再次出场，就如同鸟归林、海退潮，那么个静悄悄……

一九一六年十月，许少卿第二次请梅兰芳到上海演出。此时，许少卿已经主持了上海大名鼎鼎的天蟾舞台，一千五百个座儿极其奢华，梅兰芳再创票价新高。这回的演出，梅兰芳稳居大轴，四十五天场场爆满。

自此之后，旦角儿真正意义上挂了头牌，一改老生三鼎甲时代所开创的老生挂头牌的局面。

两个真头牌

老猫房上睡，一辈传一辈。

自打梅兰芳带着新编剧再火大上海，归来时已是年关。正月里，他在北京广德楼与"伶界大王"谭鑫培又演了老戏《汾河湾》。后台，谭鑫培一句话两头关——"小子好运道"，如此评价这回梅兰芳的上海行，夸了梅兰芳唱戏的真本事，更是亲口认定了梅兰芳作为自己后继者的硬身份。四个月后，一代传奇名伶谭鑫培安然逝去，从此"伶界大王"变成了梅兰芳。

时间到了一九一九年。这几年间，梅兰芳是怎么火爆，如何继续扬名的，咱们暂且按下不表，单说一个北风凛冽的傍晚，梅兰芳正在好友齐如山家里用饭。

眼见梅兰芳动下筷子停三停,眉毛松了又拧,一脸的愁云。齐如山问他这是怎么了,梅兰芳只说身体不太舒服。同桌吃饭的其他人劝说梅兰芳,既然身体不舒服,那就取消当晚的演出。梅兰芳也不搭腔,总之是别别扭扭。

这几年下来,齐如山不但是梅兰芳的"戏口袋",给他编排了不少新编大戏,更是对梅兰芳的心思了如指掌。其实梅兰芳是个顶干净的人,没什么心思。齐如山又是什么人?那是长着七窍玲珑比干心的人物,不用猜,他也能看出个八九分。

齐如山又看看梅兰芳,心思一动。他也不提别的,只说:"今晚的戏票已经卖空了,如果取消演出,大家要说你拿乔①了。得了,一会儿我陪你去,散了戏你还回我这儿来,找大夫来给你检查身体。"这么的,梅兰芳算是好歹上了车,顶着寒风往戏园子去。当晚,是梅兰芳的大轴戏《嫦娥奔月》。

---

① 拿乔:这里指装模作样或故意表示为难,以抬高自己的身价。

梅兰芳这还嘀咕着呢，可快到戏院门口了，就这么往长街上一打眼，立马他这病也没了，眉头也展开了。齐如山调侃一句："这不，大夫们都来了嘛！"说罢二人对视，哈哈大笑。

齐如山早看出来了，梅兰芳这"病"啊，是心病。前一天晚上，杨小楼大轴戏《冀州城》的门票，卖出去一千张还冒尖儿，这在梨园行里可是一顶一的了。整个梨园行都在盯着梅兰芳这转天的《嫦娥奔月》呢。

当时，梅兰芳和杨小楼合组了崇林社，崇林社相当于是一个戏班里挂着生旦俩头牌。武生宗师杨小楼那比梅兰芳成名早多了，正是如日中天的时候。俩人轮流演，天天都有大轴戏。《冀州城》卖出这么些个票去，梅兰芳的《嫦娥奔月》呢？

观众这么想，杨小楼这么想，梅兰芳也是这么想的。梅兰芳到底是更年轻些，有点心里不踏实。又赶上天寒地冻的，能有那么多人出来看戏吗？他的心病就是这么来的。

等到了剧场外面，一看那黑压压的人，梅兰芳这"病"也就不治自愈了。那一天外面有多冷，戏园子里就得有多热,那真叫冰火两重天。您猜卖出去了多少张票?嘿嘿,不多不少一千八百张!

演出结束后,梅兰芳怎么总结、怎么打算的,按下不表。杨小楼见到管事的送来一百八十块钱,苦笑着点了点头,然后把钱往桌子上轻轻一撂,说道:"人家唱戏咱干提。得了,以后我也和梅老板拿一样的戏份儿,甭多给了。梅兰芳是我看着长大的,他今天有这样的人缘儿,这样的牌面儿,我高兴!"

杨小楼这话不假。梅兰芳对他十分敬慕,他对梅兰芳也是一片赤诚。大家还记得梅兰芳小时候的样子吗?确实是其貌不扬,又不爱说话,闷葫芦似的。上私塾那会儿,他就光挨欺负,一来二去不敢去上学了,天天清早在院里院外磨洋工。

后来,还是同院的杨小楼发现了这孩子的心事。

甭看杨小楼是粗粗拉拉的大武生,可那也曾经是常行走于皇宫内院的,去宫里唱戏跟回姥姥家似的,大包小裹的赏钱往回拿。他稍微一琢磨,就明白梅兰芳的心事了。于是,杨小楼就把小梅兰芳扛到肩膀上，一路护送到私塾。有这么几回下来，那群坏小子就不敢欺负梅兰芳了。所以，梅兰芳打小儿这一声声"杨大叔"叫着，是发自内心的敬重。

正因如此，当梅兰芳打算自己挑班儿①又怕"拿不住"时，第一时间想到的，还是求助于比他大十六岁的"杨大叔"。杨小楼自然是一口答应，甭说梅兰芳是自己看着长大的孩子，就单说梅兰芳这几年顶好的名声，他也是一百个愿意二人并班，并且亲自起名叫"崇林社"。班社的名字不但得吉利，还得和头牌有着千丝万缕的关系，"崇林"二字有什么说头儿呢？

杨小楼姓的是木易杨，梅兰芳姓的是木每梅，可不就是并驾齐驱的两个"木"吗？爱听他们俩的戏，那就是崇"林"。梅兰芳一听就懂了，杨小楼从名字上就打算昭告天下，我们爷儿俩并挂头牌！

对于梅兰芳来说，这当然是好事，可杨小楼的各位跟班心里就别扭上了，梅兰芳才红多长时间，怎么就能和杨小楼平起平坐了？后来，这些人一合

---

① 挑班儿：指的是名角儿自组剧社任主演，旧时指以自己的本事养活全社的主演。

计，就出了个主意，梅兰芳自然是和杨老板一样拿头牌的戏份儿，这没说的，可每卖出一张票，得再提出一角钱的抽成给杨小楼。这才有了刚说的那一幕。

杨小楼拿着手里那一百八十块钱，心里不是个滋味，长江后浪推前浪，一代新人换旧人。不成，不能拿人家这提成，唱戏的，讲究辈分不假，但更讲究情分，而且都是行当人，靠本事吃饭才吃得踏实，不能占便宜更不能跌份儿。从此，梅兰芳与杨小楼才算是真真正正地并挂了头牌。

有这两位满京城里最红的头牌，崇林社自然是如日中天。后来，齐如山还编了那出大家耳熟能详的《霸王别姬》。杨小楼演霸王，梅兰芳演虞姬，真叫个强强联合无敌手，登台一唱动京华。慢慢地，双峰并峙的局面隐隐有了动摇，《霸王别姬》就是个引子。

这话怎么说的呢？《霸王别姬》前面的演出，观众反响都挺好，叫好声不绝，可是当虞姬死后，观众们竟然有人坐不住了，开始离场。要知道，面对这局面的可是杨小楼啊，他在台上看得一清二楚，心里头那滋味，甭提了。自打从天津开始唱红，再回到京城继续红火，几十年，他哪里受过这个？

到了一九二二年，崇林社应邀到上海演戏。众人一下火车，杨小楼算是被震撼了。十里洋场，铺天盖地贴着三个字：梅兰芳！

上海可是梅兰芳唱红的地方，就和杨小楼在天津一样，这是梅兰芳的上海。

惊艳，火爆，风靡。那真叫赚了一个盆满钵满，满载而归。

总算是回到了北京城，杨小楼疲累交加，病了。

梅兰芳心里不是滋味，他当然明白杨小楼这病是怎么来的。看望了杨大叔几次之后，梅兰芳终于下定了决心，自组班社，旦角挑班儿。于是，名震全中国的"承华社"，由此诞生。

梅兰芳在最恰当的时候，带着感激和尊重，为他的杨大叔保住了头牌的份儿！这便是：西楚霸王别虞姬，两大宗师挂头牌。戏份儿盖不住的是人情，分合挡不住的是名声。

好一个西施，好一个洛神

人的名儿树的影儿，抛不却甩不掉。

上回书说到，梅兰芳组建了承华社，自此高开高走。梅兰芳艺高人胆大，高去高来，是陆地飞腾。这不，一九二二年的十月，应太平戏院之邀，浩浩荡荡百十余人的承华社南下香港。

香港的报纸是怎么热烈报道、香港同胞们是如何欢迎按下不表，单说梅兰芳演出结束即将回京那天，嚯，拿着花、举着横幅欢送梅兰芳的观众不下万人，把港口围了个水泄不通。合影留念的，脱帽致意的，摇着手绢的，挥舞彩旗的，真叫个闹纷纷、热腾腾。

港口沿岸燃起的送客鞭炮，噼里啪啦连绵不

绝，游轮鸣笛致敬。这时候的梅兰芳已经自信满满，但他心里其实一直有个结。封建社会，唱戏的是"下九流"，唱得再好也没人看得起，他打心眼儿里想改变这个现状。这回的香港之行，让他更添了一份信心。

梅兰芳带领承华社南下演出的时候，他的弟子程砚秋也如他当年一样，闯上海一炮而红。回京后，程砚秋就挑班儿"和声社"大演新编戏，获得了无数戏迷的喜爱。

京剧名家尚小云，此时也别出心裁地排演了时装剧《摩登伽女》。舞台上的他，烫着大波浪，穿着高跟鞋，随着西洋乐器伴奏跳起了西洋舞，观众们哪里见过这个样的京剧啊，场场爆满。

于是，八仙过海，各显神通，新编剧如雨后的笋芽儿似的往外冒。

梅兰芳当然也没闲着，在齐如山的帮助下，《西施》应运而生。

说《西施》，道《西施》，"水殿风来"妙身姿。要说梅兰芳永远都是和自己"打擂台"，他把绸缎舞用在了《天女散花》，舞剑用在了《霸王别姬》，这出《西施》那是以唱段闻名的。话说首演《西施》的时候，台下的观众一听伴奏就愣了，懂行的老票友立刻就看向了乐池。果然，梅兰芳的御用琴师徐兰沅旁边端端还坐着一位，再细一看，不是少年成名的琴师王少卿又是哪位？京二胡的加入，让柔和的音色缠绕上唱腔，托得旦角尖音儿无比甜润。那一场演出，梅兰芳艺惊四座。从此，《西施》成为经典，京二胡更是由此一举成为京剧舞台上能与京胡和鼓并驾齐驱的重要乐器。

光阴无情分，流水不待人，时间转瞬到了一九二三年的暮春。开明戏院里一片肃静，只听台上，闷帘①一声导板——"满天云雾湿轻裳……"观众正等着这声音的主人登台，好给个"碰头彩"，却先出了八名手持云片的云女上场站定。喇叭口儿斜开门儿，等到帘子挑开，嘿，大主角依旧是稳稳站在台口，云帚抬起，眼光邈远，真真像是画上的人。莲花细步曼妙轻抬，直到九龙口②抬云帚捻轻纱，梅兰芳扮演的洛神，稳稳当当、端端庄庄就是

---

① 闷帘：戏曲行话，演员未登台，在帘内先唱。
② 九龙口：主演登台亮相时最有光彩的点位，原是鼓佬所坐之处。

好一个西施，好一个洛神

一个亮相，那姿态神情，给人都看痴了！等唱词再度响起，观众们才想起来叫好，愣是慢了一时三刻。

一身古装异彩流光。头上梳高挑簪凤美人髻，绢花翠宝烁两边；面上看黛眉飞入鬓，凤目眼波流，珍珠坠子晃耳根；颈上戴满钻项圈珍珠链，璎珞层层缀胸前；上身穿象牙白的绣花袄，袖口扎在玉腕圈，翠镯打对儿袖口悬，五彩的轻纱如蝉翼，打着结球上左肩，垂下纱尾迎风展，一行一动如天仙；下身着月牙儿白的绣花裙，珠子结网缀马面，另有白纱自上而下缠腰间，轻轻洒落曳在地，彩鞋如同踩云端。

再听这唱，西皮二黄轮番上，各式的唱腔在耳旁，唱得人神飞天外，一曲《洛神》万人迷。等到谢幕之时，台下掌声如潮，只见居中座位上站起来一位老者，大红的袍子如烈火。若问此人是谁，便是印度著名的诗人泰戈尔。

待到泰戈尔到后台致谢时，大家才知晓，原来这场演出，是梅兰芳特别为来华讲学的泰戈尔所演。为表尊重，泰戈尔特意穿上了他创办的国际学校的红色长袍礼服整场观摩。

早在这年五月初,泰戈尔应邀来华讲学,为了庆祝他的生辰,文学团体新月社特别用英文演出了泰戈尔的话剧《齐德拉》。演员的阵容您一听,准得惊讶得张大嘴,爱神的饰演者正是著名诗人徐志摩,女主角便是才女诗人林徽因,连演出的布景都是梁思成亲自绘制。而陪伴在泰戈尔身边一同观剧的,就是咱们这本书的主角,梅兰芳。梅兰芳的影响力,可见一斑。

也就是在看完这次演出之后,泰戈尔郑重地对梅兰芳说:"我希望能够在离开北京前,看到您的戏。"为了满足泰戈尔的愿望,才有了这次特别的加演。

四大名旦

"道是羞花闭月,说是铁嗓钢喉,春闺一梦荒山泪,待月西厢小红娘。"说的是谁?这可不是一个人,而是每句一位人物。

"羞花闭月"自然是咱们这本书的主角梅兰芳,他那扮相,那唱腔,千言万语说不尽,只能归到一个"美"字上。"铁嗓钢喉"说的是尚小云,连唱五个小时不"饮场"①,依旧是声高架足。《春闺梦》与《荒山泪》是程砚秋的代表作,他的程派风靡全国,曾经以一出《锁麟囊》让整个上海患了"伤

---

① 饮场:戏曲行话。旧时京剧演员在台上演出中间,常由工作人员上台递送茶水,让演员当场饮用润喉。

风"①。"待月西厢小红娘"说的就是荀慧生了，他演的《红娘》棋盘舞，令人百看不厌。这四位便是中国京剧鼎鼎大名的"四大名旦"。

要说这"四大名旦"的称谓是怎么来的，那还得从《顺天时报》的一次大型投票活动说起。一九二七年，北京的《顺天时报》举办了一次活动——"五大名伶"新剧夺魁投票。这五大名伶分别是谁呢？那都是当时迷倒万千观众的大角儿——梅兰芳、程砚秋、尚小云、荀慧生、徐碧云。报纸把当时五个人最火的五出新戏列出来以供投票。

任何时候，偶像争锋都是戏迷的主场，何况又是当红名角儿，各有各的戏迷，而且大多数的戏迷还都不是专捧一家，所以，这投票活动搞得是如火如荼。那个年代，《顺天时报》阶段性公布票数，名家名戏后面紧跟着就是戏迷投票，把"票圈儿"弄了个"波翻浪滚战鼓连天响"②。

比起戏迷们的热闹，这几位名伶倒是显得异常

---

① 程砚秋的唱腔，重鼻腔共鸣，当年其以《锁麟囊》风靡上海时，有报刊以此为题，形容其唱腔的特色和受喜爱的程度。
② 京剧《白蛇传》唱词。

轻松，该演戏演戏，该喝茶喝茶，压根儿就没把投票当回事。就拿梅兰芳来说吧，投票结果出来的那天，他正在家里画画。

梅兰芳打小儿就爱画画，后来成名了也是得空儿就画。对于研究"美"这件事，梅兰芳一向是打心眼儿里喜欢。唱戏唱得有名气之后，他越发觉得画画对唱戏有助益。于是，就拜了著名的画家王梦白学画花鸟。

一九二〇年后，梅兰芳向与他有多年艺术交流的齐白石学画。他提出拜师之后，大家都认为不过就是随意说说，就连齐白石自己都说："你这么有名，叫老夫声师父已经是抬举啦，什么拜不拜的。"可梅兰芳坚持行拜师礼，而且并不是按照当时时兴的鞠躬奉茶礼数，而是规规矩矩磕头行礼。

自从拜师之后，风雨无阻，和当年学戏一样，到了学画的日子，梅兰芳的黄包车就会停到齐白石先生家门口。

所以，当齐如山拿出《顺天时报》的票选结果给梅兰芳看时，他只是露出了一贯的礼貌微笑，并无他话。

"五大名伶"的称谓和几位名角儿的代表剧目从此诞生。徐碧云后来淡出了舞台,"四大名伶"指的是梅、尚、程、荀这四位。当然了,这四位名旦的排名自然又惹出了无数的"风波"。各大评论家与梨园名宿纷纷发表意见,按照年龄、资历、知名度等,各有各的排法,各有各的主张。

可有一样,无论怎么排,梅兰芳的名字都是在首位。可见,无论在观众心里还是同行眼中,梅兰芳已经是实至名归的"梨园首席"。在这次评选中,《顺天时报》还高调地评出"伶界大王",甭说您也知道,当然是梅兰芳了!

真正把"四大名旦"这一称谓确定下来的,是上海的《戏剧月刊》。一九三〇年,《戏剧月刊》举办了个"现代四大名旦之比较"的征文活动,正式把这称呼在学术界叫响了。

在"四大名旦"中,与梅兰芳关系最密切的当属程砚秋。甭说别的,俩人这师徒关系,您说近不近？在北京城，谁的老家儿①不能哼哼两句"春秋亭外风雨暴"呢？程砚秋唱得别具特色。当年京剧的"通天教主"王瑶卿对"四大名旦"各有一字评价，给程砚秋的就是一个"唱"字。

可您知道程砚秋吃了多少苦吗？他少年时倒仓倒坏了，一把好嗓子全没了，还净出怪音儿。幸好，程砚秋被引荐给了两位名师，这才能够在科学发声的基础上，结合他自身的特色形成了风靡全中国的独特唱腔，这两位老师便是王瑶卿与梅兰芳。

还记得前面提到的《戏剧月刊》举办那次征文活动吗？获得第一名的著名戏曲评论家苏少卿，在他的《四大名旦之比较》一文中，把"四大名旦"以梅、程、荀、尚的顺序排开了。碰巧的是，获得第二名和第三名的张肖伧和苏老蚕和他排的顺序一样！名师高徒，分获名旦两席。

"四大名旦"之首，真就奠定了梅兰芳的传奇，也让京剧老生独大的局面彻底发生了改变。在

---

① 老家儿：北京话，指家中长辈。

"旦"行,梅兰芳的名字从此开始指代"皮黄"。这就是梅兰芳最重要的成就吗?您小瞧这位梅先生了,下回书,您请早,故事才刚开始……

"震了"

远处望，门廊上大红的宫灯满挂；朝前走，大厅里纱灯隐隐流光华；别停步，迈进门槛一堂彩，大红缎子遮舞台。嘿，您再看这跑堂的，布鞋马褂儿一溜烟儿，沏茶倒水喜颠儿颠儿。

定睛一看那舞台上，竟立着两根天圆地方盘龙柱，洒金的对联挂上边，上联是"四方王会凤具威仪，五千年文物雍容，茂启元音辉此日"，下联对"三世伶官早扬俊采，九万里舟轺历聘，全凭雅乐畅宗风"。这是一九三〇年的美国纽约百老汇，正换上了这亮堂堂、红彤彤的大气文雅中国风。

梅兰芳把京剧唱到了美国。要说海外巡演，一九一九年梅兰芳率团赴日本演出时，不但把观众迷了个神魂颠倒，就连各国公使也都纷纷慕名来观看。那时候就有不少国外团体再三邀请梅兰芳到他们国家巡演。

这件事给梅兰芳和他的好友们带来了不小的影响，他们也希望能把京剧唱到欧美国家和地区，让外国人真正感受一下中国传统文化的魅力。俗话说得好，兵马未动粮草先行，可大家都知道，京剧的行头那也是出了名的贵。为了筹集资金，齐如山说动了教育界和商界的朋友们慷慨解囊。各方筹款，加上梅兰芳自己的积蓄，共凑齐了十万美元。一九三〇年一月，梅兰芳访美团离开了北平。

访问团刚到上海，一个噩耗传来，美国发生了大规模金融危机，美金一天比一天贬值快。朋友们就开始劝了，甭去了吧，美国那边经济危机呢，谁有闲钱补笊篱①呀？

大家伙儿还记得上海的"冯六爷"冯耿光吧，一声没吭，使出浑身解数又募集来了共十五万美元。带着使命和感动，怀着期待与忐忑，梅兰芳一

---

① 谁有闲钱补笊篱：谚语，笊篱因为有网眼才能够捞水里的面食，补笊篱指的是白费力、拉后腿。

行人终于在一九三〇年二月，登上了"加拿大皇后号"，开启了访美之旅。

一行人乘风破浪，晓行夜宿。一九三〇年二月十六日，怕迟则生变，加之囊中羞涩，顾不上整顿休养，梅兰芳的首场演出就定在了纽约百老汇。经过细致考察和认真的研究，最终梅兰芳决定首次亮相的第一出就来他个当家戏《汾河湾》。为了观众好理解，这出戏的英文名就给翻译成了《一只鞋的故事》。

演出票自然是卖得不错，美国人也一样，爱看个新鲜。可有一样儿，咱们中国的文化是含蓄深邃的，有门槛！第一天开演，就有"抽签"①的，梅兰芳在台上用眼角余光一看，心里就咯噔一下。看戏和听书一样，有一个观众离席，就容易带动一片观众离开。

散戏之后，梅兰芳召集智囊团在后台开小会。说是后台，实则就是化装间，百老汇的化装间也不大，这么些人挤挤插插，就开始琢磨，到底怎么回

---

① 抽签：戏曲与曲艺的行话，指观众中途退场。

事呢？还得说是留过洋的张彭春一拍大腿："京剧不比歌剧，得静下来看，越看情节越上瘾，越听腔调越着迷。只要是观众们听得入迷，能坚持坐到最后，下回准还来！"

"成吗？"梅兰芳自打出道起就没经过"抽签"，这会儿他心里直嘀咕。

"正常演，瞧兄弟我的！"张彭春胸脯啪啪拍得直响。

第二天鸣锣开戏前，报幕的还是张彭春，不过他用一口流利的英文说了一段温馨提示："中国京剧是五千年文明的结晶，得是聪明的、有修养的先生、女士们才能听得懂。"

您再瞧台底下，嘿，观众们那是聚精会神，频频点头，没一个走的。说也奇怪，等到后半场，这些人屁股底下也没"钉子"了，眼睛眨也不眨一下，不一会儿就是阵阵热烈的掌声。

散戏之后，所有人起身鼓掌，愣是演了个满堂红。尤其是最后大轴的《刺虎》，情节跌宕起伏，谢幕十多次，仍旧是没完没了的鼓掌声。这么说吧，梅兰芳用几出京剧，让你静的时候，你喘气都嫌自己声大,让你动的时候,你恨不能大声叫好,从椅子上跳起来。

艺术无国界,最主要的是东方的含蓄美,加上梅兰芳收放自如的演绎,那不是绝了嘛!

预售票三天售罄,紧跟着就得加演。在哪儿演的呢?美国国家剧院。又是连续三个星期的演出,梅兰芳这个名字在美国算是红了。从纽约到芝加哥,然后是旧金山、洛杉矶、夏威夷,一系列的巡演加访问,中国京剧的典雅、大气,把外国友人给迷住了。

戏里的"仁义礼智信",加上梅兰芳本人的谦逊儒雅,让美国艺术界、政治界、经济界,尤其是学术界大为称道。梅兰芳访美期间,美国的各大报纸争相报道,各大艺术院校纷纷开展梅兰芳的声腔与艺术研究。就连园艺大师新培育的花都起名叫"梅兰芳花",还有特别为三十六岁的梅兰芳种了三十六株梅花的花园,被称为"梅兰芳花园"。

梅兰芳参加的学术交流与艺术舞会,基本都是以欢迎梅兰芳为主题的。刚从洛杉矶到旧金山的时候，他就被邀请参加一个舞会，没想到他人刚到，大喇叭就响起："东方艺术大师梅兰芳先生莅临，欢迎之至！"声音刚落，便是全场的掌声。梅兰芳不知道，陪伴在梅兰芳旁边的张彭春等人，把全场的人都给认出来了，在座的全都是美国顶级的影视明星、作家和编剧。

梅兰芳自是彬彬有礼、落落大方。一身宝蓝色长衫，黑底儿隐绣团花马褂儿衬托得他儒雅俊美。当他致意完坐下之后，眼前便款款走来一个人。这人一身深棕色西服，脚踩锃亮黑皮鞋，不胖不瘦，笑眯眯伸出手来。旁边人急忙引荐，不说这个人的名字还好，一提名字，梅兰芳登时一愣，连忙伸出右手。要说来者，便是享誉世界的艺术大师卓别林。

"久闻大名，幸会幸会。"卓别林先开了口。

"先生没拿手杖、礼帽，一时竟没认出来，幸会幸会！"梅兰芳含笑问好。

舞会上的人们慢慢注意到，东西方两位艺术大师一边饮酒一边对谈。从此之后，二人成为挚友。

梅兰芳此次访美，让西方人第一次见识到了如此精深的东方艺术，知道了京剧这门艺术的魅力，更对中国文化产生了浓厚的兴趣。也正是因为这次访美之行，梅兰芳变成了"梅博士"。

梅博士

续茶添水,咱们书接上回。

上回书说到,梅兰芳在美国的演出,着实地"震了",观众为之疯狂不说,各界也都纷纷表示欢迎,各种围绕梅兰芳和京剧的研讨会、论坛那是甭说了。总之,京剧这门艺术可谓是风靡了全美国。

舞台上的梅兰芳,既是婀娜的仙女、端庄的贵妃,又是闹学的春香或是守节的妇人。演出结束,他又摇身一变成了儒雅文气的翩翩公子,这个"戏法"让观众们大为叹服。梅兰芳的表演中彰显出的种种中国传统文化,深入中国人骨髓的"仁义礼智信"品格,也深深震撼了美国观众。

就是这位儒雅有礼的梅先生,却婉拒了两次活动邀请，这是为什么呢？您听我细细道来。

这话得从梅兰芳一行人刚到美国时说起。作为享誉中国的大艺术家，梅兰芳此番访美确实是沟通两国文化的善举。一到华盛顿，美国政要便悉数参加了梅兰芳的欢迎酒会，可是美国时任总统胡佛却因为公事没能出席。于是，胡佛表示，希望梅兰芳在华盛顿多停留几天，他好有机会亲自欢迎梅兰芳的到来，一睹其风采。

可胡佛等到的却是梅兰芳的一封亲笔信。在信中，梅兰芳诚恳告知胡佛，因为之后的演出票均已售出，临时更改行程会违背演出合约，这不符合中国梨园行的规矩，失信于观众万万不可，并为不能满足胡佛的要求感到抱歉。

这是梅兰芳的第一次婉拒。

第二次婉拒，梅兰芳拒绝的不是哪个人物的邀请，而是美国著名的洛杉矶波莫纳学院。被该学院授予文学博士这件事，起先梅兰芳并不知情，这是波莫纳学院院长晏文士在全校董事会上提议，并得到学院赞同的。然而，当晏文士通过齐如山正式向梅兰芳征求意见时，梅兰芳却轻轻地摇了摇头拒绝了。

梅兰芳给晏文士回复说:"贵校美意,不胜感激,但我实不敢当。"

晏文士再三表示波莫纳学院对梅兰芳沟通世界文化的壮举和所获成就的认可,最后梅兰芳自然也就没法推辞了。当晏文士告知梅兰芳授予他学位的时间时,梅兰芳犯了难,因为学位授予仪式的时间,恰好是梅兰芳一行要动身前往檀香山演出的时间。

推迟演出时间是不可以的,可按波莫纳学院的传统,被授予学位的当事人不出席,也不便授予学位。不过,梅兰芳的造诣与影响力,足够学院为其破例。于是,波莫纳学院的学位授予仪式就被提前到了五月二十八日。

在三千多人的见证下,东方的艺术大师梅兰芳从此又有了一个响当当的称呼——梅博士。

几天之后,梅兰芳又被南加州大学授予博士学位,当校长把证书颁发给梅兰芳时,台下是如潮的掌声。

梅兰芳在美国的两次"婉拒",一为"信",二为"谦",当然,还有中国人的立身之本——德。

诸位,可还记得当年齐如山给梅兰芳写信时,一句"先生"的称呼便让梅兰芳为之动容?如今,大家尊称的一句"梅博士",则说明梅兰芳用自己的艺术与品德,用弘扬中华文化的实际行动,赢得了大家的尊重。

九一八，九一八！

"千里刀光影，仇恨燃九城。月圆之夜人不归，花香之地无和平。一腔无声血，万缕慈母情。为雪国耻身先去，重整河山待后生。"这段唱词诸位肯定熟悉，这是"小彩舞"骆玉笙先生的代表作《重整河山待后生》，也是电视剧《四世同堂》的主题曲。这歌词唱的，就是中国人民经历的那场艰苦卓绝的抗日战争。

提起当年事，可谓是泪满双眼咬银牙。

话说一九三一年九月十八日晚上，日本关东军自行炸毁沈阳北郊柳条湖附近南满铁路的一段铁轨，反诬是中国军队所为，以此为借口，突袭中国军队驻地北大营和沈阳城。

第二天，梅兰芳就和全国人民一起闻知了消息。这是赤裸裸的挑衅，东北的将士们如何能忍这口气！可是，将士们接到的命令却是"不抵抗"。于是，日本侵略者得寸进尺，如入无人之境。日军贪得无厌，挥兵南下，一路直逼平津。

这局面，弄得北平城人心惶惶。梅兰芳整日愁眉不展，不为别的，他演了多少出兴亡戏，最是有一颗爱国心。眼见国家危机，他火上心头，几天下来，就憔悴了不少。战争之下，剧院的演出自然是停止了，梅兰芳也在冯耿光的催促下，不得不举家南迁上海。

避难，避难，光逃避是没有用的，得想办法反抗！梅兰芳整日思索，有什么办法能加入抗击侵略者的队伍之中。一位好友叶玉甫，找到了梅兰芳暂居的沧洲饭店。叶玉甫来的目的，就是和梅兰芳商量，能不能排演一出韩世忠围困金兀术的历史剧，着重突出擂鼓助战的梁红玉。梅兰芳一听，还是得用艺术的形式贡献自己的力量，于是他左思右想，决定重排一出剧，为了突出抗争精神，他和叶玉甫商议就定名为《抗金兵》。

自那天之后，梅兰芳和叶玉甫等几位好友夜以继日，轮流执笔，几番润色，多次修改，这就有了女英雄梁红玉擂鼓作战抗金兵、坚决反抗护家国的京剧故事。

舞台上，一身大靠①，威风凛凛，战鼓擂起，响声震天。只见那梁红玉一身英气冲牛斗，两尾雉翎贯云霄。女英雄誓死卫国抗侵略，热血激昂奋人心。若不是当下的家国局势，又怎能激发出梅兰芳这入木三分的演绎？如果没有那份焦急难耐的护国情，他又怎能拼尽全力战鼓擂？梅兰芳这是在用自己的力量反抗侵略者，用自己的斗志点燃全国观众的士气。

奈何国民政府腐败无能，饶是人人有反抗热情又能如何？一九三三年五月三十一日，国民政府与日军签订了丧权辱国的《塘沽停战协定》。无奈，梅兰芳只得将孩子们也全部从北平接来上海，定居在了上海马斯南路。

梅兰芳就这么轻易地放弃了抗争理想吗？决不

---

① 大靠：京剧里武将所通用的行头。圆领，紧袖口，靠身分前后两片，长及足，配有靠旗的称硬靠。

会。不久之后，他又排演了历史剧《生死恨》，这出戏险些让梅兰芳大难临头。

欲知详情如何，咱们下回书分解。

"斗恶魔,火烧胸膛"

三尺龙泉万卷书,上天生我意何如?不能治国安天下,枉称男儿大丈夫。醒木一声惊天下,且为君说这回书。

九一八事变之后,日本侵略者大肆侵占华夏领土,犯下了滔天的罪行,国民政府软弱无能,让一群大好男儿银牙咬碎,火烧胸膛。自从排演完《抗金兵》之后,梅兰芳意识到民众抗日的决心一天比一天坚决,他便继续投身到创作中。

梅兰芳的代表作《生死恨》,就是在这种情绪下创作和排演的。可就是这出戏,差一点儿让梅兰芳大祸临头。

话说梅兰芳自打在上海定居,没有一天不为国事担忧。他就像戏里的伍子胥,恨不能腰中悬挂三尺剑;又如同被困辽营的杨四郎,恰似蛟龙囚禁在沙滩。他在排演新剧的同时,也不忘观看"海派"名家的新戏,尤其是"麒麟童"周信芳的爱国主义历史剧,梅兰芳时常观摩。

怪不得人人都说"北有梅兰芳,南有周信芳"呢,这二位不光是艺术上旗鼓相当,一生一旦南北驰名,这境界也是不相伯仲。和梅兰芳一样,这时的周信芳在艺术上正是如日中天,"麒派"风格日臻完善,但国难当头,他也是彻夜忧思,最终还是以舞台为阵地,激发民众的抗日斗志。他的新编历史剧《王莽篡位》《洪承畴》《董小宛》极大地讽刺了卖国行径,宣扬爱国主义精神,与梅兰芳的《抗金兵》《生死恨》可谓是异曲同工。

南派的艺术风格和同行们的抗日热情,也给了梅兰芳源源不断的动力。艺术家自然是深谙文艺的巨大力量,于是梅兰芳就开始琢磨排一出能够被大家喜爱的、振奋士气的作品。这就有了一九三六年与观众正式见面的《生死恨》。

这出戏不但当年火,现如今的舞台上,仍能听见"思悠悠来恨悠悠,故国月明在哪一州"的婉转唱腔。《生死恨》倾注了梅兰芳太多的心血,从扮相到台步,从唱词到唱腔,尤其是徐兰沅设计的板式,那叫一个妙。板式的配合正好把韩玉娘那深切的爱国情展现出来,那真是词悲壮,曲悠扬,意蕴深,愿景强。好一似长空过雁惊照影,恰便是洪钟大吕动心潮。

这一部作品,真可谓是一部传奇,单讲韩玉娘这一位再普通不过的劳动妇女在苦难中不忘家国情的故事,寄寓了梅兰芳对民族遭难、山河破碎的深切悲戚,更激扬起大众共御外敌的斗志。

《生死恨》演出的消息贴出去之后,剧院门口被挤了个水泄不通。每次公演,观众们都是齐齐落泪,为的就是韩玉娘那杜鹃啼血般的爱国呼告。一传十,十传百,百传到千,是千千万,梅兰芳的《生死恨》名声响彻上海滩。

可那个时候的中国,特务横行,梅兰芳公开激发军民抗日斗志的行为,自然是让一些做贼心虚的人如坐针毡。这不,梅兰芳的一次公演就出了事。

剧场里,梅兰芳正全情投入演绎着韩玉娘。此时是第三场的高潮,只听战鼓声声,随之而来的,是高亢的一句"恨金兵犯疆土豺狼成性",闷帘的导板开口镇山河,底下叫好声如潮。呼啦啦圆场跑开,金兵追逐百姓四散而下,韩玉娘此时上场,一亮相就是掌声如雷。只听一声"哭头"——"喂呀",接散板"杀百姓掳牛羊鸡犬不宁",声声动情,是如泣如诉。

台下观众疯狂地鼓掌,呐喊声声。就在这群情激奋之时,忽听剧院楼上响起一声枪响,在大家震惊之际,一道黑影蹿上舞台,轰的一声,一颗燃烧弹就在舞台上炸开。

站在台上的,那都是经过见过的角儿,一身的功夫自不必说,大家稳定心神并未惊慌。检场①的是专业"玩火"的,人家撒火彩的本事现如今那可是"非遗"。只见他飞身上台,扯下棉衣就给盖住了。这边龙套使着飞步,三步并作两步走,两步并

---

① 检场:旧时在戏曲演出过程中,如果遇到换场需要更换道具时,由戏曲人物以外的工作人员上台搬换道具,称为检场。

作一步行，一暖壶的水就浇了上去，燃烧弹彻底哑了，这才稳住了台下的观众。

这厢，鼓佬嗖地飞出去两把鼓槌，跟着就是飞身一跃直奔那人身前，走近才看清扔燃烧弹的是个日本人，没等过招，那日本人见形势突转，嗖地飞身跳窗而去。

这边再看梅兰芳，正伫立在舞台九龙口，眼睛轻蔑地望着台下一人。这人正是上海社会局所谓的日本顾问秀木。梅兰芳早已看明白，刚才发生的一切，都是这位伪顾问真特务策划的。梅兰芳扭身朝文武场一点头，锣鼓声起，只见他柳眉高挑，唱道："斗恶魔，火烧胸膛，乱我营，徒然妄想！"唱词出口，琴师心思斗转，这不是原唱词，是梅兰芳"现挂"之词，却正中此时情境。霎时间满场皆静，继而便是掌声雷鸣。

好一派英武气概，真真是大义凛然，振奋精神唤群众，临危不乱斗邪奸。梅兰芳这一场戏演得那叫一个酣畅淋漓，眸底风情俱换作凛凛士气，一行一动如万马千军。舞台上下交相辉映，宛然一曲正气歌！

再看那秀木,紧压帽檐儿溜边儿走,黄花鱼似的就灰溜溜蹭出了剧院旁门。有道是:"慌不择路逃将去,邪不压正理当然。"

有声电影《虹霓关》

说是这人在势,花在时,如日中天尽人知;大笔写大字,大人办大事,三点水花也能掀起来滔天巨浪,灌满他五岳三山并着八大连池。

抗战年间的梅兰芳没闲着,奔走呼号,艺震人心。这不嘛,眨么眼这会儿,他已经坐上了"北方号"巨轮,直奔海参崴。

收到苏联对外文化协会正式邀约的时候,梅兰芳多多少少有点兴奋。没等他正式回复,一九三四年五月二十八日上海《大晚报》就刊登了苏联邀请梅兰芳访问演出的消息。一石激起千层浪,全国就此展开了大讨论,有喜的,有忧的,各界纷纷表达看法。

各界评论说归说，面对苏联的诚意，加上当前国内的抗日局势，梅兰芳还是毅然决定前往莫斯科。一向彬彬有礼的梅兰芳在回信苏方的时候，破天荒地提了一个苏联方面必须满足他的要求。梅兰芳的要求很简单——绝不途经中国东北。

熟悉梅兰芳的朋友们自然知道其中的曲折，说书的不卖关子，怎么回事呢？听我慢慢道来。

日本人扶持早已退位的清朝皇帝溥仪成立了伪满洲国，日本关东军派前清的遗老们，几次到上海请梅兰芳前去东北参加庆祝演出。梅兰芳恨自己不能打到东北去，怎么可能给侵略者演戏？几次拒绝之后，前来邀请梅兰芳的前清遗老，指着梅兰芳的鼻子说："你们梅家，可是三辈受过大清朝恩典的！"

一听这话，梅兰芳心中的怒火压不住了，语气也冷起来了："清朝已经被推翻，溥仪先生不过是老百姓，他要是以普通民众身份做寿，我倒是可以考虑前去祝贺，若是以皇帝的身份，断不可能。况且，即便当年我们梅家给清朝唱戏，也是拿戏份儿的，那是买卖，何谈恩典？"

几句话掷地有声，说得来者哑口无言，只得灰头土脸回去复命。这一来，梅兰芳可算彻底得罪了日本人，但他敢作敢当，下定决心不买日本人的账，更不会踏足日本人所谓的满洲国。这才有了他赴苏联交流绝不经过东北的要求。

一九三五年二月二十一日，梅兰芳怀着激动的心情登上了苏联特别派来迎接他的"北方号"轮船，先到海参崴，再转乘特快列车直达莫斯科。

就在梅兰芳动身前往莫斯科的时候，上海著名的《大公报》趁着梅兰芳赴苏的新闻热度，采访了苏联导演爱森斯坦。

爱森斯坦是第一个使用蒙太奇手法的电影大师。要说前去采访的记者也是眼尖，愣是在爱森斯坦那堆满了纸稿的书桌上看到了一个小雕像。记者一眼就给认出来了，这可不就是梅兰芳的雕像嘛！这是爱森斯坦从好莱坞带回来的。

一九三〇年，爱森斯坦应邀去好莱坞拍电影，卓别林向他盛赞梅兰芳的艺术与人品。"遗憾呢，我到好莱坞的时候，梅博士已经离开一个星了。"可见梅兰芳在这位电影大师心中的地位。

书归正传,梅兰芳一行经历了海上陆上,领略了无数风光,二十多天之后总算到达了莫斯科。数十名接待委员会的委员、艺术家和数千名观众把车站围了个水泄不通。梅兰芳频频颔首,挥手示意。转天,他起了个大早,特意到红场拜谒列宁墓。敬献花圈之后,还在下午游览时买了一尊列宁半身像,带回家中收藏,以表达对这位革命导师的敬意。

梅兰芳这次的苏联之行,与在美国的火爆程度有过之而无不及,连续加演,之前预定的八场演出根本无法满足观众的需求。观众们"围追堵截",很多观众为了看清楚梅兰芳卸装后的容貌,纷纷跑到剧院后门守候,每每都得靠警察维持秩序。

梅兰芳在莫斯科演出了六场,在列宁格勒(今圣彼得堡)演出了八场,后来又在莫斯科大剧院加演一场,总共演出十五场,最高谢幕次数十八次!

苏联各大报刊从梅兰芳舞台表演的意境、唱腔、手势、行头,甚至是演出布景等各种角度展开讨论,真是雪野处处有"梅芳"。

既然是文化交流，梅兰芳当然也要观摩苏联的艺术活动，电影、话剧、歌剧、舞蹈，有来有去，相互借鉴。就在三月十四日，苏联为梅兰芳举办的招待宴会上，梅兰芳见到了爱森斯坦。

眼见这位卷头发、蓝眼睛的男士向自己走来，梅兰芳在接待人员的介绍下握手寒暄，两人就艺术的深度交谈权且不论，爱森斯坦单刀直入，想要为梅兰芳拍摄一部有声电影，以满足未能亲眼见到梅兰芳风采的苏联人民，梅兰芳自是应允。

经过一番研究，两人决定拍摄唱念做打齐备的《虹霓关》。梅兰芳和爱森斯坦都是对艺术较真儿的性格，单就设计拍摄细节方面的问题，就是一场拉锯战，最后总算定下来了，可拍摄的过程却不那么顺利。

电影拍摄和舞台表演确实是不同的风格，画面取景与人眼立体观看更是天差地别。习惯了行云流水表演的梅兰芳经常被打断，镜头不够得补镜头，跑出画面了得重新录制，总之就是要不停地"重新再来"。

要知道，京剧扮戏是需要勒头[①]的，加上几公斤重的头面[②]，时间长了，再有韧劲的演员也受不了。可这一拍摄就是至少五个小时，画面总算没问题了，鼓师都开始收拾紫檀板了，又被告知录音出了问题，还得重新录制。剧团的其他演员沉不住气了，纷纷就要离座。还得是梅兰芳啊，安抚住众人，示意爱森斯坦继续拍摄，一遍又一遍。此时大家虽然疲惫，但也看出来了，导演对艺术的那股子执着劲儿，是为了出精品，也都打起了十二分的精神。

等到影片拍摄尘埃落定，梅兰芳一看怀表，已经是凌晨三点了。

这部有声电影，还就真成了艺术史上的经典。正所谓"光看高人平地起风声，不见高人人后苦练鞭"。诸位，要想人前显贵，须得背后受罪，大师就是这样炼成的。

---

① 勒头：京剧中的一种化装手法，用布带子把头勒紧，吊起眼角和眉梢，看起来的效果是两条眉毛斜飞上去，眼角高高吊起，使人看起来更加精神。
② 头面：指的是戏曲旦行的各类头饰，分为软头面和硬头面，软头面包括线帘、网子、发垫、发簪、大发、水纱等，硬头面有银锭、水钻、点翠和点绸等。

留胡子的名旦

诗云:"国破山河裂,想当年、硝烟四起……听马蹄踏碎卢沟月。心泣泪,自悲切。"

一九三七年七月七日,卢沟桥事变。八月十三日,日本侵略者又把战火烧到了上海,历时三个月的大战,我军击碎了日军"三个月灭亡中国"的图谋,鼓舞了全国人民抗战的士气。然而,上海终归失守。

此时,梅兰芳面临着两难抉择。留在上海就要继续演出,否则生活难以为继。但是,在已经成为沦陷区的上海演出,无异于帮助侵略者粉饰太平,他断然不会如此。

个人存亡,险险险;国难当头,难难难!

果不其然，日本人多次邀请梅兰芳演出，梅兰芳自是一概拒绝。不断的骚扰，让梅兰芳不胜其烦，在好友的帮助下，他借机赴香港演出躲避。

演出结束后，梅兰芳送走同来的演员，在香港租了一套公寓住下，毅然告别了他热爱的舞台。

春秋轮换，四年时间里，梅兰芳深居简出，调素琴，阅金经，每日雷打不动要做两件事：听新闻与练功。他每时每刻都在关注着抗战时事，每分每秒眷恋着戏曲舞台。

梅兰芳的隐居生活并不太平。一九四一年十二月七日，日本偷袭珍珠港，太平洋战争爆发。不久，香港也被日军占领了。日军打家劫舍，无恶不作。梅兰芳忧心忡忡，他知道，自己即将面临与在上海时同样的处境，于是他想出了一个办法。

梅兰芳悄悄地留起了胡子。要知道，梅兰芳可是旦角，旦角一向是不留胡子的。他的孩子们缠着他问为啥留胡子，他说："我留了胡子，这些可恶的日军还能逼迫我演出吗？"

日军得知梅兰芳在香港后，立刻就派了人去请梅兰芳，说是日军司令酒井有请。梅兰芳心想，躲

留胡子的名旦

是躲不过的，不能让日本人看轻了自己，就去见了这位酒井。

两人见面后，酒井一番寒暄，询问起梅兰芳为何留起胡子来了。梅兰芳说，自己年纪大了，唱不动了，将要退出戏曲舞台。酒井赶忙说："您不老，我们都期待着看您的戏呢！"

梅兰芳太极拳打得好，言语上的太极打得更好，顾左右而言他，弄得酒井也没辙了，只好把梅兰芳送了回去。

没过几天，日军又要召开占领香港的庆功会，日军司令部送来邀请函。梅兰芳正为和他们周旋气得上火牙疼，就请医生开了染病证明，再次拒绝了日军。

大事小情，日军司令部来来回回地请梅兰芳演出；大病小病，梅兰芳里里外外地推托不演。

一九四二年，梅兰芳回到了上海，依然不得清净。有一天，汪伪政府的大头目褚民谊突然来邀请梅兰芳演出，梅兰芳半送半撵地把他轰了出去。这刚送走了一个，又来一个，日本人又找上门来了。

上海，梅府，梅兰芳的卧室里一片寂静。

"畹华，你可想好了，这三针下去，是有可能要命的！"梅兰芳的私人医生吴中士，是梅兰芳的好友，他下不去手。

"我已经下定决心不为他们演戏，即便要了命也无怨无悔，死得其所。"梅兰芳平静地对吴医生说。瞬间，吴医生的眼眶就红了。

注入梅兰芳体内的是三针伤寒预防针，正常的预防针一次的量是一针，梅兰芳要求打三针。他是过敏体质，无论什么预防针下去准得发高烧，但为了确保能够在日本人到来之际烧到难以下床，他要求吴医生给自己打三针。

日本人一直想啃下梅兰芳这块硬骨头，以梅兰芳的影响力，如果出席日方的活动，能给日军侵华带来巨大的积极影响。于是，他们把主意打到了梅兰芳的徒弟姚玉芙身上，逼迫他请梅兰芳出山，不必演出，到场发言即可。

一夜之间，姚玉芙急得嘴上起了一圈的水疱，梅兰芳绝对不会同意出席活动，可其安危就不好说了。

于是，接下来就有了梅兰芳上演的这一出生死大戏，只不过不是在舞台上，而是在他的病床上。

狡诈的日军当然不会相信梅兰芳给出的拒绝理由，当即拍电报派了日本的军医来一探虚实。他们到了梅兰芳家中，看到病床上奄奄一息的梅兰芳。日本军医起初怀疑梅兰芳在演戏，可一测体温，足足四十二摄氏度，只好悻悻离去。

就这样，梅兰芳不顾安危，捍卫了自己的人格，也捍卫了国家和民族的尊严。

自此，留胡子的名旦，成了抗日战争史上被广为传颂的人物。诸位，说来轻巧做时难，大难当头见忠肝，举起杯中清茶盏，咱们遥敬抗战诸英贤！

黎明下的《刺虎》

"海岛冰轮初转腾,见玉兔,玉兔又早东升。"凤冠蟒袍流苏颤,泥金小扇半遮面。半遮面,小金扇,这幅扇面不一般,正面寒梅凌霜雪,背面单丛一株兰。正是"溪畔兰花风姿淡,雪里寒梅一线香"。这回书说的,还是梅兰芳。

一九四五年八月十五日,日本裕仁天皇通过广播向全世界宣布无条件投降,消息传到中国后,举国沸腾。

梅兰芳家中,楼下大厅里聚集着各界人士,欢声笑语不断。痛苦的记忆终于画上了句号,艰难的抗争取得完全胜利,大家都很激动。

忽听得楼梯口有动静,慢慢地,皮鞋叩击地面的声音逐渐靠近，大家这才抬头。只见梅兰芳身着崭新的灰色西装，衬衫泛着荧光白，一双皮鞋锃亮，领带似是枫叶流丹霜林绛。他手拿一把泥金扇，呼扇呼扇半遮面。大家不知道梅兰芳演的又是哪一出戏，没等众人回过神来，再看楼梯上，梅兰芳已然站定，兰花指轻推小扇，露出来一张俊秀满月面，唇角微扬眼弯弯，这时候诸位才注意到，梅兰芳留了几年的胡子，不见了！大家顿时欢呼鼓舞，众人心里都明白，抗战胜利了，梅兰芳又能回归他心心念念的舞台了。

距离梅兰芳最初蓄须，已是几度春秋轮转。他苦苦地坚持，终于又能回到舞台为同胞们演唱，为民族礼赞。

从那天开始，梅兰芳每天都不得闲，他是把日子按分钟过，吊嗓子，跑圆场，跟弦儿，练身段……似乎又变回了那个曾经的少年，为了那句"祖师爷没赏你这口饭"苦苦地练。

对于一个艺术家来说，宝贵的几年时光，他放弃了舞台，放弃了饭碗，但是坚守住了中国人的气节，这是"大青衣"的铁骨铮铮。而今，梅兰芳要复出了，他要寻回那被搁置的光阴。

全上海，全中国，乃至全世界的观众和媒体，都将目光聚焦在上海兰心大戏院。在抗战胜利庆祝会上，梅兰芳将重新登台演一出《刺虎》大戏。

剧场后台里挤满了记者和亲朋，中国的、外国的，男女老少，聚光灯亮如白昼，闪光灯噼里啪啦闪个不停。梅兰芳竟也有点"不淡定"了，多少年养成的静坐习惯也顾不上了，在后台来回踱步，不时还问问旁边的人："我这扮相还行吗？多少年不扮戏了，或许还是手生了吧？"

要说后台热闹，那远比不上观众席。京剧讲究个"碰头好"，角儿一出来就是"满堂彩"，走到九龙口一亮相又是一个"炸堂好"。可这回，梅兰芳脚尖刚一出上场门，叫好声就起来了，随后就是不间断的叫好鼓掌。

这出《刺虎》，梅兰芳演得高兴！当晚的庆功宴上，梅兰芳与大家谈笑风生，甚至还破天荒地喝了一杯酒。要知道，为了保护嗓子，梅兰芳从没有碰过酒。他这杯酒里，有太多的心事，太多的情怀，太多的说不尽道不完的感慨。

在那之后，梅兰芳重归舞台。梅剧团一直在北平，交通尚未恢复，大家还不能尽数来碰头，于是乎梅兰芳就开始与老搭档姜妙香、俞振飞等人合作昆曲，傲雪寒梅吐香蕊，风采毫不减当年。

紧接着，便是各种大戏的复排，紧锣密鼓的演出中，梅兰芳还拍摄了中国第一部彩色京剧电影《生死恨》。

时光悠悠，毕竟流水不能西；丹心一片，又何惧似水流年。

可是，赶走了日本侵略者，却并没有即刻迎来一个和平安定的中国。国民党当局不顾国家和人民渴望和平的诉求，悍然发动内战。中国共产党领导人民进行了艰苦卓绝的解放战争，力求为历经苦难的中国人民换来真正的安宁。

在国民党的黑暗统治下，哀鸿遍野，物价飞涨，民众苦不堪言。梅兰芳心里渐渐明白了，这样的政府是靠不住的！能够对同胞发动战争的人，更是不可信的！

一九四七年，梅兰芳到南京演出。也是赶巧了，美国驻华特使马歇尔也正在南京，国民党当局就想请梅兰芳再多停留一天，为马歇尔演一场京剧。梅兰芳是曾经名震美国百老汇的中国艺术家，马歇尔也想一睹梅公风采，可是梅兰芳想也没想就给拒绝了。

当《新民报》把梅兰芳拒绝为马歇尔演出，以及当年他拒绝为麦克阿瑟演出的消息一起报道出来的时候，大家纷纷竖起了大拇指。

正所谓：黎明下，重回舞台演《刺虎》；黑暗中，连夜回沪拒帮凶。邪恶永远战胜不了正义，不顾百姓的统治者早晚倾覆。

一九四七年七月之后，人民解放军势如破竹，一路南下解放全中国。一九四八年到一九四九年间，辽沈战役"关门打狗"，淮海战役"中间突破"，平津战役"瓮中捉鳖"。人民解放军一鼓作气，把国民党军队的主力通通消灭。百万雄师过大江，渡江战役解放了南京城。

真正的黎明，在一九四九年到来。

天亮了。

我要留下

说书唱戏劝人方,三条大路走中央。善恶到头终有报,人间正道是沧桑。

上回书恰说到,梅兰芳眼见着腐败黑暗的国民政府终于在人民解放军的攻打下溃若蚁穴,期盼已久的好日子马上就要到来了。

几家欢喜几家愁,老百姓高兴了,国民党高层纷纷收拾好钱物,计划逃跑。作为艺术界的领军人物,梅兰芳也多次接到国民党高官的"邀请",计划安排他一起到台湾去。梅兰芳心知肚明,国民政府的想法,是把各行各业的翘楚都带到台湾。梅兰芳自然不会让他们称心如意。

一九四九年五月二十七日,天刚蒙蒙亮,上海的街头人头攒动，红旗招展。整个上海的老百姓都出来了，不为别的，就为了迎接人民解放军进入上海。梅兰芳也是起了个大早，站在人群中鼓掌欢迎，兴高采烈地踮起脚看人民解放军整齐的队伍，大家往前挤着，不停地招手。

回到家的时候，梅兰芳顾不上进屋换衣服，家里老老少少，他逢人就笑眯眯地说："您也瞧着了哈，共产党的军队真是解放了上海。解放军的纪律真是好极了，好极了。"

要不说还得是吃过、见过、苦过、练过的呢，已经年过半百的梅兰芳，经历过无能的晚清，腐败的民国，访问过美国，交流过苏联，打小儿就在台上台下炼就了"火眼金睛"。与人民解放军一打照面儿，他就明白了为什么这支队伍能在共产党的领导下，在全国人民的支持下，解放全中国，怎么就能受到人民这样的欢迎。

从上海的建国东路一拐弯，他就亲眼看见进入了上海的人民解放军，规规矩矩、纪律严明地露宿街头。老百姓来送水了，解放军们便客客气气道谢喝一碗。若老百姓送来吃的穿的，人家解放军是坚决不接受。这就是纪律,这就叫正派!

梅兰芳是又激动又感动,他为自己,为中国人民,更为自己饱受苦难的民族感到由衷的庆幸,终于解放了。

梅兰芳连忙和自己的剧团沟通,从五月三十一日起在上海南京大戏院连演三天大戏,慰问人民解放军指战员。五月三十一日晚上,演出非常成功,解放军战士整齐划一,掌声热烈,梅兰芳演着演着就有些激动,为了保持状态,赶忙压下去泛起的热泪。

演出结束。后台,梅兰芳正在卸装,忽然从镜子里看到了一位老熟人,正是著名作家夏衍。此时,夏衍正引着一名腰板笔直的军人模样的人朝梅兰芳走来。梅兰芳连忙起身相迎,待夏衍介绍后才知道,这位剑眉星目的人物,正是上海市市长陈毅。

陈毅和梅兰芳亲切握手,对于梅兰芳的义演慰问,陈毅表示了诚挚的谢意。这份发自内心的诚挚,这样的眼神,这样的亲切,梅兰芳并不是第一次感受到。他忽然就想起了曾经在老友余贺家中见到的那一位……

余贺是一位有名的药剂师，他下帖子邀请梅兰芳到家中相聚，说是有一位好友要引荐。等梅兰芳到了余宅才知道，余贺要引荐的人正是周公恩来。这个名字可是令梅兰芳如雷贯耳，周恩来的信念、主张、人格、事迹早已传遍全中国，就连国民党的高官们也无不佩服。原来余贺早年曾经在天津南开学校学习，和周恩来是同班同学，此番的会面正是特别的安排。

周恩来和梅兰芳二人一番对谈是颇为融洽，从家国大义到艺术发展，从个人选择到未来展望，不觉已是更深露重。分别之时，周恩来正色说道："希望你不要随国民党撤离上海，我们欢迎你！"在周恩来的话语里，梅兰芳听出来了，这是中国共产党，是新中国对他的挽留和呼唤。也正是因为有了这次会面，梅兰芳更加坚定了自己要留下来的决心。他要为新中国演出，为人民演出。所以当上海解放前夕，夏衍和熊佛西正式受中国共产党党组织的委托来动员梅兰芳留下时，他二话没说便表示自己一定会留下。

上海和平解放后的第九天,召开了上海文化界座谈会,人们在会场上见到了笑容满面的梅兰芳。毫无疑问,梅兰芳此番应陈毅市长的邀请来参加座谈会,正是代表了全上海乃至全中国梨园行对中国共产党的认可和欢迎。这些经历了封建旧社会、国民党黑暗统治的京剧演员,做出了自己郑重的选择,堂堂正正地与各界翘楚,与党和国家领导人坐在一起,商讨民族的复兴、中国的未来!

解放了的上海,一天有一天的盼头,一天有一天的变化。梅兰芳又在六月下旬接到了邀请,到北平参加中华全国文学艺术工作者第一次代表大会。不久,陈毅到梅公馆看望梅兰芳时,以询问的口吻说道:"周副主席来电话说,毛主席想请您在文代会期间唱几场戏,不知您意下如何?"

梅兰芳听了此话,只给了四个字的回答——当然可以!嘿,这话里还透着欣然,语气里露着期待和十二分的欢喜。

就这样,梅兰芳带着一行人登上了北上的火车,火车隆隆开向了北平。梅兰芳也从这一刻,开启了他作为人民艺术家的崭新篇章!

"你的名气比我大"

胸怀拳拳赤子心,南北东西自通途。欲知途中经何事,啪嗒一声醒木响,诸君请听这回书。

话说梅兰芳一行自上海登上火车直奔北平城,途中种种一笔带过。车过南京,刘伯承设宴欢迎;途经济南,站台里响起"欢迎梅兰芳先生"的高呼。用梅兰芳自己的话说:"我由上海到北平,参加全国文代会,沿途中所见的气象都是新鲜的,光明的。"

车到北平终点站,前门车站,梅兰芳一下车,呼啦啦围上了一群人,打眼望过去,萧长华、尚小云、谭富英、荀慧生、叶盛兰、袁世海……不下二十位挑班儿的名角儿、唱大轴的老板全在这儿聚齐了。他赶紧几步走上前去和大家握手寒暄。

北平城的老百姓们当然不知道这天上午是梅兰芳回北平,但他们遛早时发现那些难得一见的名角儿都在车站门口聚齐了,一传十十传百,大家伙儿就慢慢往这边聚拢,不知道是谁喊了一句:"梅兰芳回来了!"呼啦啦,人潮就上来了,把车站围了个八方不透风,那得挪着走。

第一次文代会于七月二日正式开幕。七月六日,梅兰芳受到了毛泽东、周恩来等中央领导人的亲切接见。

当天晚上,梅兰芳回招待所,压不住地兴奋,和亲人们说:"今天我见到毛主席了,毛主席真是和蔼可亲,令人敬爱。还有周副主席,他对每一位代表都十分关心。"晚上,梅兰芳久久不能入睡,他想啊,自己演了一辈子戏,各个朝代的事儿都演过,唯有这共产党领导的中国,才是光明的,民族有希望啊,老百姓要过上好日子了。

大会有条不紊地举行,梅兰芳也作为艺术工作者代表在大会上发言。毛泽东和梅兰芳握手的时候,还幽默风趣地说"你的名气比我大"。梅兰芳听得一愣,毛泽东接着说,北平人对梅兰芳的欢迎程度,都赶上解放军进北平城的时候啦。梅兰芳这才听明白,原来说的是他出站时候引起的轰动,他不禁感动于主席的平易近人和翩翩风度。

大会结束后,梅兰芳又与周信芳留下,在长安剧院演出了几场戏,八月八日才返回上海。

九月,梅兰芳又接到了全国人民政治协商会议筹备会邀请他开会的通知,再次赴北平。中国人民政治协商会议第一届全体会议隆重开幕,梅兰芳在会上发言。他说:"我在旧社会是没有政治地位的,今天能在国家最高权力机关讨论国家大事,这是我戏曲界空前未有的事情,也是我祖先们和我自己梦想不到的事情。"梅兰芳的发言难掩激动,但他也说出了艺术家们的心声。

梅兰芳在此次会议上当选了全国政协委员。更让他激动万分的是,他在十月一日参加了庆祝中华人民共和国中央人民政府成立的典礼,同党和国家领导人一起登上了天安门城楼,观看了军威雄壮的阅兵仪式。

开国大典结束之后,梅兰芳也异常忙碌起来,十月二日中华全国戏曲改革委员会成立。一九五〇年，梅兰芳被任命为中央文化部戏曲改进局京剧研究院院长。之后便是各种各样的会议和演出，梅兰芳迸发出了前所未有的热情，他要与欣欣向荣的新中国一起前进。为了更好地工作，在周恩来的安排下，梅兰芳举家搬回北京，定居在护国寺甲一号。回京之后，梅兰芳可谓是夙兴夜寐、马不停蹄地投身于中国戏曲研究院的筹建工作中。

研究院的筹建工作准备就绪时，梅兰芳特意去荣宝斋买了宣纸，然后送给毛主席和周恩来总理请其题词。等到题词送回时，梅兰芳展开一看，只见毛主席除却题写了"中国戏曲研究院"外，还特别题了"百花齐放，推陈出新"八个大字。周总理的题词则是："重视与改造、团结与教育，二者不可缺一。"如果说毛主席的八个字给出的是党对戏曲工作的指示，那么周总理的题词则无疑是给出了研究院的发展方针。梅兰芳拿着题词爱不释手，可忽然间他发现，不对呀，这不是他送去的纸啊。他连忙问送回题词的工作人员，可是纸不好？怎么换了？那人闻言忙解释道，主席写的时候，第一遍是

"你的名气比我大"

写在送来的纸册上的，后来自己又不满意，另换纸张重写，写了还是不满意，现在拿到的这张，是第三次写的啦！

担任中国戏曲研究院院长之后，梅兰芳更忙了，但与以往不同，他的足迹遍及了全国，他的艺术深入人心。抗美援朝战争期间，他还赴朝鲜战场为志愿军战士演出，继续自己用艺术振奋人心的使命。

书到此时兴未尽，奈何天光不待人。咱们这茶馆里时间飞快，梅兰芳的工作岁月也是日月如梭。转眼间就到了一九五九年，这一年是新中国的十岁生日，却也是梅兰芳另一重生命的开始，咱们下回书分解。

"穆桂英为保国再度出征"

"猛听得金鼓响画角声震,唤起我破天门壮志凌云。想当年桃花马上威风凛凛,敌血飞溅石榴裙。有生之日责当尽,寸土怎能够属于他人!番王小丑何足论,我一剑能挡百万兵。"这便是梅兰芳为新中国成立十周年献礼的大戏《穆桂英挂帅》,也是梅先生生命中最后一出新戏。这出戏,无论在主题上还是艺术上,都是他一生的高光之所在。

一九五九年,中国戏曲研究院党支部里欢快而肃穆,梅兰芳在党旗下庄严宣誓加入中国共产党。在宣誓的这一刻,他真正感受到了一名共产党员的无上光荣和肩负的重任。

其实在入党这件事上,还有个小插曲。在得知梅兰芳提交了入党申请书之后，周恩来曾对中国京剧院党总支书记马少波表示，他曾经在程砚秋同志入党时做了他的入党介绍人，现在如果梅兰芳有这个意愿，他也愿意做梅兰芳的入党介绍人。当马少波对梅兰芳提及此事时，梅兰芳却微笑着摇了摇头。

他对马少波说，总理的关心我十分感动，总理做砚秋的介绍人我更是感到光荣，但是文艺界像我这样向党组织靠拢的人有很多，如果大家都让中央领导做介绍人，那负担不是太重了吗？我就是一个普通演员，请最了解我的同志当我的入党介绍人吧，比如您和张庚同志，既是我的同事，又是两个研究院的领导，由您二位做我的介绍人，最合适不过了。

一九五九年，是新中国成立十周年，各界都准备着为共和国献礼。梅兰芳作为著名的艺术家，当仁不让地要以一出大戏为他所热爱的祖国庆贺。

那天梅先生上班，正看见办公桌上摆了一个剧本，这是研究院报送上来的献礼大戏的曲目，请梅兰芳发表意见。剧本叫《龙女牧羊》，情节和唱词都不错，但是梅兰芳却皱起了眉头。他找到马少波说出了自己的想法。一则呢，这是为共和国献礼，这出戏显然还欠缺分量，二来梅兰芳认为自己的年龄已经很大了，演龙女就不合适了，他特别诙谐地说，恐怕自己脸上的粉都得往下掉。二人还真就想到一块儿去了，决定还是要重选剧本，哪怕加班加点重写重排，也得拿出响当当的好作品为共和国献礼。

选剧本的过程，艰难极了。是呀，这么一出大戏，哪能轻松地选出来呢？忽然有一天，马少波和总导演阿甲兴冲冲地将一个本子塞到梅兰芳手中，也不说话，就乐呵呵地看着他。梅兰芳一看，《穆桂英挂帅》！他不由得眼前一亮，打开一看，连连拊掌称好。这正是在马金凤的豫剧《穆桂英挂帅》本子上改编的。梅兰芳曾多次观摩过马金凤的这出戏，还特别和马金凤谈过自己的感受和对中老年穆桂英形象的称赞。确实，在《穆桂英挂帅》中，穆桂英已经五十三岁，正符合梅兰芳此时的年龄，而且穆桂英为保国再领三军的故事，在主题和境界上也符合献礼的要求，真是怎么想怎么合适！

穆桂英是梅兰芳十分喜爱的舞台人物，而且对于这个角色他也是颇有感情。诸位，您还记得吗？梅先生一九一三年在上海一炮打响时，唱的就是《穆柯寨》，饰演的就是穆桂英。之后又演了《破洪州》，这也是穆桂英的故事。可以说，穆桂英这个女英雄的形象一直在梅兰芳心中。穆桂英的勇敢、智慧和爱国精神都是梅兰芳最珍视的品质，他后来也饰演过无数有这样气质的英雄。归根结底，还是人物的精神面貌与梅兰芳本人是契合的。

本子曲子常常改，唱念做打细细抠，终于磨出了这艺术史上的瑰宝《穆桂英挂帅》，一九五九年五月二十五日，北京人民剧场，《穆桂英挂帅》首演，一连几场，座无虚席，一时间万人空巷！舞台上又再次打磨了几个月，转眼到了十月庆典，梅兰芳正式公演《穆桂英挂帅》，举国盛赞，真叫个老当益壮丹心在，青史扬名万古芳。

一九六一年五月三十一日，梅兰芳率团为中科院的科学家们演出《穆桂英挂帅》，谢幕时，郭沫若院长热情地握手感谢梅先生对科学家的慰问。他不知道的是，这是一代艺术大师，中国的"伶界大王"梅兰芳人生中最后一次演出。两个月后,梅兰芳心绞痛突发。周恩来闻知此事,从北戴河赶回北京看望,梅兰芳对总理说的最后一句话是:"这次新疆有一条铁路落成,约我去参加庆祝通车典礼,火车票都买好了,可是走不成了,真是遗憾。"梅兰芳在生命的最后时刻,遗憾的是不能见证新疆铁路的通车,不能见证他热爱的新中国继续腾飞。

一九六一年八月八日凌晨五时,梅兰芳因心脏病发作逝世。梅兰芳治丧委员会由周恩来等六十一人组成,陈毅担任主任委员。八月十日上午,首都北京,两千余人在首都剧场举行了梅兰芳同志追悼大会。治丧委员会收到的国内外吊唁信有二百八十余封。八月二十九日下午,其灵柩安葬于北京万花山。

寒梅傲雪,半世风云传艺露;幽兰照影,一生清芬绕民族。

书到此处意未尽,搁笔感慨不能云。